Alfred de Musset

On ne badine pas avec l'amour (1834)

Texte intégral

LE DOSSIER

Une comédie dramatique

L'ENQUÊTE

Quelle éducation reçoit-on au XIXe siècle ?

Notes et dossier
Théo Delarc
agrégé de lettres modernes

Collection dirigée par
Bertrand Louët

Hatier

Sommaire

OUVERTURE

ISBN : 978-2-218-96302-5

On ne badine pas avec l'amour

* Tous les mots suivis d'un * sont expliqués p. 119.

Qui sont les personnages ?

Le quatuor des personnages sensibles

PERDICAN

Jeune et séduisant aristocrate de 21 ans, diplômé avec brio de l'université. Beau parleur, à la fois séducteur et grand romantique, il croit se connaître comme il connaît les arts et les sciences. Il ne désire qu'une chose : vivre un grand amour...

CAMILLE

Jeune fille noble de 18 ans, cousine de Perdican, avec lequel elle a passé son enfance avant d'être éduquée de façon très rigide dans un couvent. Intelligente, sensible, éprise d'absolu et de pureté, c'est aussi une comédienne née, parfaitement maîtresse d'elle-même, mais qui ne se connaît pas intérieurement et a peur d'aimer.

LE CHŒUR DES PAYSANS : habitants du village, connaissant les trois héros depuis leur petite enfance. Tour à tour ironiques et inquiets, ces bonnes gens pleins d'humanité observent les petits jeux ridicules ou dangereux des uns et des autres.

ROSETTE : jeune paysanne au cœur pur, qui fut la sœur de lait de Camille et la compagne de jeu de Perdican. Ingénue, souriante et mignonne, elle est depuis toujours secrètement amoureuse de Perdican...

Le quatuor des personnages grotesques

DAME PLUCHE
Duègne (gouvernante) de Camille. C'est une vieille fille bigote, osseuse et acariâtre ; elle incarne la caricature de la foi chrétienne.

BLAZIUS
Précepteur (gouverneur) de Perdican. C'est un ivrogne, un cuistre, un délateur et un envieux ; il incarne la caricature du savoir scolaire.

BRIDAINE : prêtre du village affecté à l'oratoire du château ; ennemi juré et double de Blazius.

LE BARON : châtelain-seigneur du village, père de Perdican et oncle de Camille, qu'il a décidé de marier l'un à l'autre. Personnage maniaque et à l'intelligence très limitée, affolé dès que les choses ne se déroulent pas comme prévu, il est la caricature de l'ordre social.

Quelle est l'histoire ?

Les circonstances

La pièce se déroule à proximité ou à l'intérieur d'un château de campagne. Au cours des trois actes, les nombreux décors (15 différents pour 18 scènes !) font alterner tantôt un cadre naturel (jardin, petit bois, champ) tantôt l'espace plus social de l'habitation seigneuriale (salon, salle à manger). Le moment de l'action reste flou : d'un côté les personnages semblent contemporains du règne de Louis-Philippe (roi de France de 1830 à 1848), de l'autre ils paraissent hors du temps puisqu'il est question de rapports féodaux rappelant un Ancien Régime aboli depuis près d'un demi-siècle.

L'action

Précédés par leurs éducateurs, Camille et Perdican se retrouvent après dix ans de séparation dans le château de leur enfance, où le Baron a prévu qu'ils se marieraient ; mais la pieuse Camille fait mine de refuser ce mariage arrangé.

Perdican, après avoir appris que Camille le repoussait pour se faire religieuse, intercepte une lettre où celle-ci s'enorgueillit de lui avoir brisé le cœur. Dépité, Perdican jure de se venger.

Scène d'amour courtois entre deux jeunes gens vers 1820. Dessin de Wattier, lithographie de Villain, école française.

Le but

Dans cette pièce, Musset expose les tristes conséquences des actes calculés ou hypocrites dans le domaine des relations amoureuses. Il démontre que les artifices à répétition sont incompatibles avec l'Amour.

Perdican donne un rendez-vous à Camille et, sous ses yeux, joue la comédie pour séduire la jeune paysanne Rosette et blesser ainsi sa fière cousine.

Camille, à son tour, utilise le même dispositif théâtral du témoin caché pour faire avouer à Perdican qu'il n'aime qu'elle ; Rosette s'évanouit en réalisant qu'elle n'a été qu'un jouet pour Perdican.

Qui est l'auteur ?

Alfred de Musset

● UN ENFANT PRODIGE DU XIXe SIÈCLE...

Les débuts de Musset au théâtre sont brillants et rapides : à moins de 18 ans, il est admis dans le cercle fermé et tapageur des romantiques et se lie avec Hugo, Lamartine, Vigny, Mérimée, Nodier, etc. Poète surdoué, élégant et spirituel, il séduit aussi bien l'élite littéraire que les femmes de la bonne société. Il devient rapidement, par ses espiègleries, ses railleries et son ironie caustique, l'enfant terrible de la nouvelle école romantique.

● MINÉ PAR LA QUÊTE DE L'AMOUR

À 23 ans, sa rencontre puis sa brève liaison avec Aurore Dupin (née en 1804), écrivain déjà célèbre sous le pseudonyme de George Sand, provoque chez Musset une crise passionnelle qui lui inspire une série de chefs-d'œuvre parmi lesquels *On ne badine pas avec l'amour*. Par la suite, il vivra une multitude d'autres liaisons sans connaître à nouveau l'amour fou.

● VERS LA DÉCHÉANCE ET L'OUBLI

À 30 ans, Musset est déjà marqué physiquement et moralement par la débauche et la souffrance intérieure. Il écrit de moins en moins et, bien que comblé d'honneurs académiques (Légion d'honneur, Académie française), sa poésie lyrique mariant l'amour et la mort est jugée trop verbeuse et déclamatoire. Musset passe peu à peu de mode et meurt quasi oublié. C'est par son théâtre, relu au XXe siècle, qu'il deviendra un classique du répertoire européen.

	1810	**1819-1827**	**1828**	**1833**
VIE DE MUSSET	Naissance de Musset, dans une famille aisée et cultivée	Excellentes études au collège Henri IV	Fréquentation des cénacles romantiques ; vie de plaisirs et de dandy	Liaison passionnée avec George Sand
	1815	**1820**	**1824**	**1827**
HISTOIRE	Abdication de Napoléon ; règne de Louis XVIII	Lamartine, *Méditations poétiques*	Règne de Charles X	Hugo, *Préface de Cromwell* (manifeste du théâtre romantique)

Que se passe-t-il à l'époque ?

Sur le plan politique

● LOUIS-PHILIPPE OU L'ARGENT AU POUVOIR (1830-1848)

Soutenu par la bourgeoisie et les milieux d'affaire, ce monarque privilégie la prospérité économique des nantis (le slogan de son ministre Guizot était : « Enrichissez-vous »).

● UNE TENDANCE ANTICLÉRICALISTE

La monarchie bourgeoise prend des airs voltairiens en réduisant les obligations religieuses et le budget de l'Église. On chantonne les vers du chansonnier Béranger qui se rit des prêtres-ivrognes : « Le curé de notre hameau/s'empresse à vider son tonneau/Pour quand viendra l'automne... »

● LA PAIX ET L'ORDRE SOCIAL

Le régime, pour perdurer, devient répressif. Il s'appuie sur des notables locaux (aristocrates, petits bourgeois). Balzac les dépeint dans *La Comédie humaine*.

Dans le domaine des lettres

● UN DEMI-SIÈCLE DE ROMANTISME

Dans toute l'Europe se développe jusqu'en 1848 un vaste mouvement de sensibilité et d'idées contre les tenants du classicisme, surnommés « vieilles perruques ». Les romantiques, créateurs révoltés, exhibent un Moi en quête d'idéal.

● L'ENTRÉE DU GRAND PUBLIC DANS LA CULTURE ÉCRITE

Les progrès techniques et l'alphabétisation croissante entraînent une floraison de livres et de journaux. Les écrivains deviennent indépendants et populaires.

● L'ENGAGEMENT POLITIQUE DES ÉCRIVAINS

Certains écrivains romantiques (Lamartine, Hugo, Sand) mettent leur plume au service de grandes causes : la République, la condition féminine, les misérables...

1834	1835	1836	1840-1857	1857
Séjour à Venise des deux amants ; brouille. *On ne badine pas avec l'amour* (comédie), *Lorenzaccio* (drame)	Réconciliation puis rupture avec G. Sand. *Premières Nuits : Nuit de mai, Nuit de décembre* (poésies)	*La Confession d'un enfant du siècle* (roman autobiographique)	Soucis d'argent, alcoolisme, déchéance physique	Mort de Musset

1830	1831	1832	1833	1834	1844	1857
Révolution de Juillet ; règne de Louis-Philippe ; Hugo, *Hernani*	Delacroix, *La Liberté guidant le peuple*	Sand, *Indiana*	Chopin, *Nocturnes*	Vigny, *Chatterton*	Daumier, *Caricatures*	Baudelaire, *Les Fleurs du mal*

On ne badine pas avec l'amour

On ne badine pas avec l'amour

Comédie

LES PERSONNAGES

LE BARON.

PERDICAN, *son fils.*

MAÎTRE BLAZIUS, *gouverneur*[1] *de Perdican.*

MAÎTRE BRIDAINE, *curé.*

CAMILLE, *nièce du baron.*

DAME PLUCHE, *sa gouvernante.*

ROSETTE, *sœur de lait*[2] *de Camille*

PAYSANS, VALETS.

1. **Gouverneur** : précepteur (professeur particulier).
2. **Sœur de lait** : fille de la nourrice.

Acte I

SCÈNE 1 – LE CHŒUR, MAÎTRE BLAZIUS, DAME PLUCHE

Une place devant le château.

LE CHŒUR. – Doucement bercé sur sa mule fringante, messer[1] Blazius s'avance dans les bluets[2] fleuris, vêtu de neuf, l'écritoire[3] au côté. Comme un poupon[4] sur l'oreiller, il se ballotte sur son ventre rebondi, et, les yeux à demi fermés, il marmotte un *Pater noster*[5] dans son triple menton. Salut, maître Blazius ; vous arrivez au temps de la vendange, pareil à une amphore[6] antique●.

MAÎTRE BLAZIUS. – Que ceux qui veulent apprendre une nouvelle d'importance m'apportent ici premièrement un verre de vin frais.

LE CHŒUR. – Voilà notre plus belle écuelle ; buvez, maître Blazius ; le vin est bon ; vous parlerez après.

MAÎTRE BLAZIUS. – Vous saurez, mes enfants, que le jeune Perdican, fils de notre seigneur, vient d'atteindre à sa majorité, et qu'il est reçu docteur[7] à Paris. Il revient aujourd'hui même

1. **Messer** : messire. Le chœur utilise ce titre honorifique médiéval pour se moquer de Blazius qui est un « Maître » d'école prétentieux et non un seigneur de haute noblesse.
2. **Bluets** : bleuets, fleurs d'été.
3. **Écritoire** : étui portatif renfermant le nécessaire pour écrire (plume d'oie, canif, encre, papier).
4. **Poupon** : bébé.
5. **Il marmotte un *Pater noster*** : il marmonne une prière. Le Pater noster (« Notre Père ») est la principale prière catholique.
6. **Amphore** : vase de forme ovoïde, à deux anses.
7. **Docteur** : il a réussi son doctorat (le plus haut diplôme à l'époque). Perdican a le grade de professeur d'université.

● **Le personnage de Blazius apparaît comme un reflet grotesque du dieu antique du vin (et du théâtre) appelé Dionysos chez les Grecs et Bacchus chez les Romains.**

au château, la bouche toute pleine de façons de parler si belles et si fleuries[1] qu'on ne sait que lui répondre les trois quarts du temps. Toute sa gracieuse personne est un livre d'or[2] ; il ne voit pas un brin d'herbe à terre qu'il ne vous dise comment cela s'appelle en latin ; et quand il fait du vent ou qu'il pleut, il vous dit tout clairement pourquoi. Vous ouvrirez des yeux grands comme la porte que voilà de le voir dérouler un des parchemins qu'il a coloriés d'encres de toutes couleurs de ses propres mains et sans en rien dire à personne. Enfin c'est un diamant fin des pieds à la tête, et voilà ce que je viens annoncer à M. le baron. Vous sentez que cela me fait quelque honneur, à moi, qui suis son gouverneur depuis l'âge de quatre ans ; ainsi donc, mes bons amis, apportez une chaise, que je descende un peu de cette mule-ci sans me casser le cou ; la bête est tant soit peu rétive[3], et je ne serais pas fâché de boire encore une gorgée avant d'entrer.

LE CHŒUR. – Buvez, maître Blazius, et reprenez vos esprits. Nous avons vu naître le petit Perdican, et il n'était pas besoin, du moment qu'il arrive, de nous en dire si long. Puissions-nous retrouver l'enfant dans le cœur de l'homme !

MAÎTRE BLAZIUS. – Ma foi, l'écuelle est vide ; je ne croyais pas avoir tout bu. Adieu ; j'ai préparé, en trottant sur la route, deux ou trois phrases sans prétention qui plairont à monseigneur ; je vais tirer la cloche.

Il sort.

LE CHŒUR. – Durement cahotée sur son âne essoufflé, dame Pluche gravit la colline ; son écuyer transi gourdine à tour de

1. **Fleuries** : ornées (de figures de style).
2. **Est un livre d'or** : est digne d'éloges.
3. **Tant soit peu rétive** : un petit peu indisciplinée.

bras[1] le pauvre animal, qui hoche la tête, un chardon[2] entre les dents. Ses longues jambes maigres trépignent de colère, tandis que de ses mains osseuses elle égratigne son chapelet. Bonjour donc, dame Pluche ; vous arrivez comme la fièvre, avec le vent qui fait jaunir les bois.

DAME PLUCHE. – Un verre d'eau, canaille que vous êtes ! un verre d'eau et un peu de vinaigre !

LE CHŒUR. – D'où venez-vous, Pluche, ma mie ? Vos faux cheveux sont couverts de poussière, voilà un toupet de gâté[3], et votre chaste robe est retroussée jusqu'à vos vénérables jarretières.

DAME PLUCHE. – Sachez, manants[4], que la belle Camille, la nièce de votre maître, arrive aujourd'hui au château. Elle a quitté le couvent sur l'ordre exprès de monseigneur, pour venir en son temps et lieu recueillir, comme faire se doit, le bon bien qu'elle a de sa mère. Son éducation, Dieu merci, est terminée, et ceux qui la verront auront la joie de respirer une glorieuse[5] fleur de sagesse et de dévotion. Jamais il n'y a rien eu de si pur, de si ange, de si agneau et de si colombe que cette chère nonnain[6] ; que le seigneur Dieu du ciel la conduise ! Ainsi soit-il ! Rangez-vous, canaille ; il me semble que j'ai les jambes enflées.

LE CHŒUR. – Défripez-vous, honnête Pluche ; et quand vous prierez Dieu, demandez de la pluie ; nos blés sont secs comme vos tibias.

1. **Son écuyer transi gourdine à tour de bras** : le muletier terrorisé (par dame Pluche) tape de toutes ses forces (sur l'âne).
2. **Chardon** : plante piquante à fleur jaune.
3. **Un toupet de gâté** : une touffe de (faux) cheveux fichue. Pluche est particulièrement horrible physiquement (et moralement).
4. **Manants** : paysans (terme médiéval).
5. **Glorieuse** : qui participe de la gloire céleste.
6. **Nonnain** : jeune nonne, jeune religieuse.

DAME PLUCHE. – Vous m'avez apporté de l'eau dans une écuelle qui sent la cuisine ; donnez-moi la main pour descendre, vous êtes des butors et des malappris[1].

Elle sort.

LE CHŒUR. – Mettons nos habits du dimanche, et attendons que le baron nous fasse appeler. Ou je me trompe fort, ou quelque joyeuse bombance[2] est dans l'air aujourd'hui.

Ils sortent.

SCÈNE 2 – LE BARON, MAÎTRE BLAZIUS, MAÎTRE BRIDAINE, PERDICAN, CAMILLE

Le salon du baron.

Entrent le baron, maître Bridaine et maître Blazius.

LE BARON. – Maître Bridaine, vous êtes mon ami ; je vous présente maître Blazius, gouverneur de mon fils. Mon fils a eu hier matin, à midi huit minutes, vingt et un ans comptés ; il est docteur à quatre boules blanches[3]. Maître Blazius, je vous présente maître Bridaine, curé de la paroisse ; c'est mon ami.

MAÎTRE BLAZIUS, *saluant.* – À quatre boules blanches, seigneur : littérature, philosophie, droit romain, droit canon[4].

LE BARON. – Allez à votre chambre, cher Blazius, mon fils ne va pas tarder à paraître ; faites un peu de toilette, et revenez au coup de la cloche.

Maître Blazius sort.

1. **Butors et malappris** : gens grossiers et mal élevés.
2. **Bombance** : fête suivie d'un festin.
3. **Il est docteur à quatre boules blanches** : il a eu son diplôme avec mention Très Bien aux quatre épreuves.
4. **Droit romain, droit canon** : droit civil, droit ecclésiastique.

MAÎTRE BRIDAINE. – Vous dirai-je ma pensée, monseigneur ? le gouverneur de votre fils sent le vin à pleine bouche.

LE BARON. – Cela est impossible.

MAÎTRE BRIDAINE. – J'en suis sûr comme de ma vie ; il m'a parlé de fort près tout à l'heure ; il sent le vin à faire peur.

LE BARON. – Brisons là[1] ; je vous répète que cela est impossible. *(Entre dame Pluche.)* Vous voilà, bonne dame Pluche ? Ma nièce est sans doute avec vous ?

DAME PLUCHE. – Elle me suit, monseigneur ; je l'ai devancée de quelques pas.

LE BARON. – Maître Bridaine, vous êtes mon ami. Je vous présente la dame Pluche, gouvernante de ma nièce. Ma nièce est depuis hier, à sept heures de nuit, parvenue à l'âge de dix-huit ans ; elle sort du meilleur couvent de France. Dame Pluche, je vous présente maître Bridaine, curé de la paroisse ; c'est mon ami.

DAME PLUCHE, *saluant.* – Du meilleur couvent de France, seigneur, et je puis ajouter : la meilleure chrétienne du couvent.

LE BARON. – Allez, dame Pluche, réparer le désordre où vous voilà, ma nièce va bientôt venir, j'espère ; soyez prête à l'heure du dîner[2].

Dame Pluche sort.

MAÎTRE BRIDAINE. – Cette vieille demoiselle paraît tout à fait pleine d'onction.

LE BARON. – Pleine d'onction et de componction[3], maître Bridaine ; sa vertu est inattaquable.

MAÎTRE BRIDAINE. – Mais le gouverneur sent le vin, j'en ai la certitude.

1. **Brisons là** : restons-en là.
2. **Dîner** : repas de midi.
3. **Pleine d'onction et de componction** : pleine de douceur et de recueillement.

LE BARON. – Maître Bridaine, il y a des moments où je doute de votre amitié. Prenez-vous à tâche de me contredire ? Pas un mot de plus là-dessus. J'ai formé le dessein[1] de marier mon fils avec ma nièce ; c'est un couple assorti : leur éducation me coûte six mille écus.

MAÎTRE BRIDAINE. – Il sera nécessaire d'obtenir des dispenses[2].

LE BARON. – Je les ai, Bridaine ; elles sont sur ma table, dans mon cabinet[3]. Ô mon ami ! apprenez maintenant que je suis plein de joie. Vous savez que j'ai eu de tout temps la plus profonde horreur pour la solitude. Cependant la place que j'occupe et la gravité de mon habit me forcent à rester dans ce château pendant trois mois d'hiver et trois mois d'été. Il est impossible de faire le bonheur des hommes en général, et de ses vassaux[4] en particulier, sans donner parfois à son valet de chambre l'ordre rigoureux de ne laisser entrer personne. Qu'il est austère et difficile le recueillement de l'homme d'État ! et quel plaisir ne trouverai-je pas à tempérer, par la présence de mes deux enfants réunis, la sombre tristesse à laquelle je dois nécessairement être en proie depuis que le roi m'a nommé receveur[5] !

MAÎTRE BRIDAINE. – Ce mariage se fera-t-il ici ou à Paris ?

LE BARON. – Voilà où je vous attendais, Bridaine ; j'étais sûr de cette question. Eh bien ! mon ami, que diriez-vous si ces mains que voilà, oui, Bridaine, vos propres mains, – ne les regardez pas d'une manière aussi piteuse, – étaient destinées à bénir

1. **Dessein** : projet.
2. **Dispenses** : autorisations spéciales (le mariage entre cousins germains était interdit).
3. **Cabinet** : bureau.
4. **Vassaux** : sujets. Au Moyen Âge, les vassaux d'un seigneur étaient les personnes qui lui étaient liées par serment.
5. **Receveur** : percepteur des impôts.

solennellement l'heureuse confirmation de mes rêves les plus chers ? Hé ?

MAÎTRE BRIDAINE. – Je me tais : la reconnaissance me ferme la bouche.

LE BARON. – Regardez par cette fenêtre ; ne voyez-vous pas que mes gens se portent en foule à la grille ? Mes deux enfants arrivent en même temps ; voilà la combinaison la plus heureuse. J'ai disposé les choses de manière à tout prévoir. Ma nièce sera introduite par cette porte à gauche, et mon fils par cette porte à droite. Qu'en dites-vous ? Je me fais une fête de voir comment ils s'aborderont, ce qu'ils se diront ; six mille écus ne sont pas une bagatelle, il ne faut pas s'y tromper. Ces enfants s'aimaient d'ailleurs fort tendrement dès le berceau. – Bridaine, il me vient une idée.

MAÎTRE BRIDAINE. – Laquelle ?

LE BARON. – Pendant le dîner, sans avoir l'air d'y toucher, – vous comprenez, mon ami, – tout en vidant quelques coupes joyeuses... vous savez le latin, Bridaine ?

MAÎTRE BRIDAINE. – *Ita œdepol*[1], pardieu, si je le sais !

LE BARON. – Je serais bien aise de vous voir entreprendre[2] ce garçon, – discrètement, s'entend, – devant sa cousine ; cela ne peut produire qu'un bon effet ; – faites-le parler un peu latin, – non pas précisément pendant le dîner, cela deviendrait fastidieux, et quant à moi, je n'y comprends rien ; – mais au dessert, – entendez-vous ?

MAÎTRE BRIDAINE. – Si vous n'y comprenez rien, monseigneur, il est probable que votre nièce est dans le même cas.

1. ***Ita œdepol*** : formule latine de serment signifiant : « Oui, par Pollux ! »
2. **Entreprendre** : tester, mettre à l'épreuve.

LE BARON. – Raison de plus ; ne voulez-vous pas qu'une femme admire ce qu'elle comprend ? D'où sortez-vous, Bridaine ? Voilà un raisonnement qui fait pitié.

MAÎTRE BRIDAINE. – Je connais peu les femmes ; mais il me semble qu'il est difficile qu'on admire ce qu'on ne comprend pas.

LE BARON. – Je les connais, Bridaine, je connais ces êtres charmants et indéfinissables. Soyez persuadé qu'elles aiment à avoir de la poudre dans les yeux, et que plus on leur en jette, plus elles les écarquillent, afin d'en gober davantage. *(Perdican entre d'un côté, Camille de l'autre.)* Bonjour, mes enfants ; bonjour, ma chère Camille, mon cher Perdican ! embrassez-moi, et embrassez-vous.

PERDICAN. – Bonjour, mon père, ma sœur bien-aimée ! Quel bonheur ! que je suis heureux !

CAMILLE. – Mon père et mon cousin, je vous salue.

PERDICAN. – Comme te voilà grande, Camille ! et belle comme le jour !

LE BARON. – Quand as-tu quitté Paris, Perdican ?

PERDICAN. – Mercredi, je crois, ou mardi. Comme te voilà métamorphosée en femme ! Je suis donc un homme, moi ? Il me semble que c'est hier que je t'ai vue pas plus haute que cela.

LE BARON. – Vous devez être fatigués ; la route est longue, et il fait chaud.

PERDICAN. – Oh ! mon Dieu, non. Regardez donc, mon père, comme Camille est jolie !

LE BARON. – Allons, Camille, embrasse ton cousin.

CAMILLE. – Excusez-moi[1].

LE BARON. – Un compliment vaut un baiser ; embrasse-la, Perdican.

PERDICAN. – Si ma cousine recule quand je lui tends la main, je vous dirai à mon tour : Excusez-moi ; l'amour peut voler un baiser, mais non pas l'amitié.

CAMILLE. – L'amitié ni l'amour ne doivent recevoir que ce qu'ils peuvent rendre.

LE BARON, *à maître Bridaine.* – Voilà un commencement de mauvais augure, hé ?

MAÎTRE BRIDAINE, *au baron.* – Trop de pudeur est sans doute un défaut ; mais le mariage lève bien des scrupules.

LE BARON, *à maître Bridaine.* – Je suis choqué, – blessé. – Cette réponse m'a déplu. – *Excusez-moi !* Avez-vous vu qu'elle a fait mine de se signer[2] ? – Venez ici que je vous parle. – Cela m'est

1. **Excusez-moi** : formule polie pour dire non.
2. **Se signer** : faire le signe de la croix sur soi, pour se protéger du diable ou du péché. Camille joue le rôle de la parfaite bigote.

pénible au dernier point. Ce moment qui devait m'être si doux est complètement gâté. – Je suis vexé, piqué[1]. – Diable ! voilà qui est fort mauvais.

MAÎTRE BRIDAINE. – Dites-leur quelques mots ; les voilà qui se tournent le dos.

LE BARON. – Eh bien ! mes enfants, à quoi pensez-vous donc ? Que fais-tu là, Camille, devant cette tapisserie ?

CAMILLE, *regardant un tableau.* – Voilà un beau portrait, mon oncle ! N'est-ce pas une grand-tante à nous ?

LE BARON. – Oui, mon enfant, c'est ta bisaïeule[2], – ou du moins la sœur de ton bisaïeul, car la chère dame n'a jamais concouru, – pour sa part, je crois, autrement qu'en prières, – à l'accroissement de la famille. C'était, ma foi, une sainte femme.

CAMILLE. – Oh ! oui, une sainte ! c'est ma grand-tante Isabelle. Comme ce costume religieux lui va bien !

LE BARON. – Et toi, Perdican, que fais-tu là devant ce pot de fleurs ?

PERDICAN. – Voilà une fleur charmante, mon père. C'est un héliotrope[3].

LE BARON. – Te moques-tu ? elle est grosse comme une mouche.

PERDICAN. – Cette petite fleur grosse comme une mouche a bien son prix.

MAÎTRE BRIDAINE. – Sans doute ! le docteur a raison. Demandez-lui à quel sexe, à quelle classe elle appartient, de quels éléments elle se forme, d'où lui viennent sa sève et sa couleur ; il vous ravira en extase en vous détaillant les phénomènes de ce brin d'herbe, depuis la racine jusqu'à la fleur.

1. **Piqué** : agacé.
2. **Bisaïeule** : arrière-grand-mère.
3. **Héliotrope** : plante à fleurs blanches très parfumées qui se tournent vers le soleil.

PERDICAN. – Je n'en sais pas si long, mon révérend[1]. Je trouve qu'elle sent bon, voilà tout.

SCÈNE 3 – LE BARON, DAME PLUCHE, PERDICAN, CAMILLE, LE CHŒUR

Devant le château.

Entre le chœur.

LE CHŒUR. – Plusieurs choses me divertissent et excitent ma curiosité. Venez, mes amis, et asseyons-nous sous ce noyer. Deux formidables[2] dîneurs sont en ce moment en présence au château, maître Bridaine et maître Blazius. N'avez-vous pas fait une remarque ? C'est que, lorsque deux hommes à peu près pareils, également gros, également sots, ayant les mêmes vices et les mêmes passions, viennent par hasard à se rencontrer, il faut nécessairement qu'ils s'adorent ou qu'ils s'exècrent. Par la raison que les contraires s'attirent, qu'un homme grand et desséché aimera un homme petit et rond, que les blonds recherchent les bruns, et réciproquement, je prévois une lutte secrète entre le gouverneur et le curé. Tous deux sont armés d'une égale impudence[3] ; tous deux ont pour ventre un tonneau ; non seulement ils sont gloutons, mais ils sont gourmets ; tous deux se disputeront, à dîner, non seulement la quantité, mais la qualité. Si le poisson est petit, comment faire ? et dans tous les cas une langue de carpe ne peut se partager, et une carpe ne

1. **Mon révérend** : mon Père.
2. **Formidables** : terrifiants (du latin *formidabilis* « redoutable »). Le chœur s'amuse à métamorphoser les deux abbés en héros épiques.
3. **Impudence** : effronterie, assurance teintée d'orgueil.

peut avoir deux langues. *Item*[1], tous deux sont bavards ; mais à la rigueur ils peuvent parler ensemble sans s'écouter ni l'un ni l'autre. Déjà maître Bridaine a voulu adresser au jeune Perdican plusieurs questions pédantes, et le gouverneur a froncé le sourcil. Il lui est désagréable qu'un autre que lui semble mettre son élève à l'épreuve. *Item*, ils sont aussi ignorants l'un que l'autre. *Item*, ils sont prêtres tous deux ; l'un se targuera de sa cure, l'autre se rengorgera dans sa charge de gouverneur. Maître Blazius confesse le fils, et maître Bridaine le père. Déjà je les vois accoudés sur la table, les joues enflammées, les yeux à fleur de tête, secouer pleins de haine leurs triples mentons. Ils se regardent de la tête aux pieds, ils préludent par de légères escarmouches[2] ; bientôt la guerre se déclare ; les cuistreries[3] de toute espèce se croisent et s'échangent, et, pour comble de malheur, entre les deux ivrognes s'agite dame Pluche, qui les repousse l'un et l'autre de ses coudes affilés[4].

Maintenant que voilà le dîner fini, on ouvre la grille du château. C'est la compagnie qui sort ; retirons-nous à l'écart.

Ils sortent.

Entrent le baron et dame Pluche.

LE BARON. – Vénérable Pluche, je suis peiné.

DAME PLUCHE. – Est-il possible, monseigneur ?

LE BARON. – Oui, Pluche, cela est possible. J'avais compté depuis longtemps, – j'avais même écrit, noté, – sur mes tablettes de poche[5], – que ce jour devait être le plus agréable de mes jours, – oui, bonne dame, le plus agréable. – Vous n'ignorez pas que

1. ***Item*** : « de même » (mot latin).
2. **Ils préludent par de légères escarmouches** : ils commencent par de petits accrochages.
3. **Cuistreries** : propos pseudo-savants.
4. **Affilés** : effilés (comme des lames).
5. **Tablettes de poche** : carnets, calepins.

mon dessein était de marier mon fils avec ma nièce ; – cela était résolu, – convenu, – j'en avais parlé à Bridaine, – et je vois, je crois voir, que ces enfants se parlent froidement ; ils ne se sont pas dit un mot.

DAME PLUCHE. – Les voilà qui viennent, monseigneur. Sont-ils prévenus de vos projets ?

LE BARON. – Je leur en ai touché quelques mots en particulier[1]. Je crois qu'il serait bon, puisque les voilà réunis, de nous asseoir sous cet ombrage propice et de les laisser ensemble un instant.

Il se retire avec dame Pluche.

Entrent Camille et Perdican.

PERDICAN. – Sais-tu que cela n'a rien de beau, Camille, de m'avoir refusé un baiser ?

CAMILLE. – Je suis comme cela ; c'est ma manière.

PERDICAN. – Veux-tu mon bras pour faire un tour dans le village ?

CAMILLE. – Non, je suis lasse.

PERDICAN. – Cela ne te ferait pas plaisir de revoir la prairie ? Te souviens-tu de nos parties sur le bateau ? Viens, nous descendrons jusqu'aux moulins ; je tiendrai les rames, et toi le gouvernail.

CAMILLE. – Je n'en ai nulle envie.

PERDICAN. – Tu me fends l'âme. Quoi ! pas un souvenir, Camille ? pas un battement de cœur pour notre enfance, pour tout ce pauvre temps passé, si bon, si doux, si plein de niaiseries délicieuses ? Tu ne veux pas venir voir le sentier par où nous allions à la ferme ?

CAMILLE. – Non, pas ce soir.

1. **En particulier** : à chacun séparément, en privé.

PERDICAN. – Pas ce soir ! et quand donc ? Toute notre vie est là.

CAMILLE. – Je ne suis pas assez jeune pour m'amuser de mes poupées, ni assez vieille pour aimer le passé.

PERDICAN. – Comment dis-tu cela[1] ?

CAMILLE. – Je dis que les souvenirs d'enfance ne sont pas de mon goût.

PERDICAN. – Cela t'ennuie ?

CAMILLE. – Oui, cela m'ennuie.

PERDICAN. – Pauvre enfant ! Je te plains sincèrement.

Ils sortent chacun de leur côté.

LE BARON, *rentrant avec dame Pluche.* – Vous le voyez, et vous l'entendez, excellente Pluche ; je m'attendais à la plus suave harmonie, et il me semble assister à un concert où le violon joue : *Mon cœur soupire*[2], pendant que la flûte joue *Vive Henri IV*[3]. Songez à la discordance affreuse qu'une pareille combinaison produirait. Voilà pourtant ce qui se passe dans mon cœur.

DAME PLUCHE. – Je l'avoue ; il m'est impossible de blâmer Camille, et rien n'est de plus mauvais ton, à mon sens, que les parties de bateau.

LE BARON. – Parlez-vous sérieusement ?

DAME PLUCHE. – Seigneur, une jeune fille qui se respecte ne se hasarde pas sur les pièces d'eau.

LE BARON. – Mais observez donc, dame Pluche, que son cousin doit l'épouser, et que dès lors...

1. **Comment dis-tu cela** : que veux-tu dire ?
2. ***Mon cœur soupire*** : titre d'un chant d'amour dans l'opéra de W.-A. Mozart (1756-1791) intitulé *Les Noces de Figaro* (1786).
3. ***Vive Henri IV*** : titre d'une chanson à boire dans la comédie de C. Collé (1709-1783) *La Partie de chasse de Henri IV* (1766).

DAME PLUCHE. – Les convenances défendent de tenir un gouvernail, et il est malséant de quitter la terre ferme seule avec un jeune homme.

LE BARON. – Mais je répète... je vous dis...

DAME PLUCHE. – C'est là mon opinion.

LE BARON. – Êtes-vous folle ? En vérité, vous me feriez dire... Il y a certaines expressions que je ne veux pas... qui me répugnent... Vous me donnez envie... En vérité, si je ne me retenais... Vous êtes une pécore[1], Pluche ! je ne sais que penser de vous.

Il sort.

SCÈNE 4 – LE CHŒUR, PERDICAN, ROSETTE

Une place.

PERDICAN. – Bonjour, mes amis. Me reconnaissez-vous ?

LE CHŒUR. – Seigneur, vous ressemblez à un enfant que nous avons beaucoup aimé.

PERDICAN. – N'est-ce pas vous qui m'avez porté sur votre dos pour passer les ruisseaux de vos prairies, vous qui m'avez fait danser sur vos genoux, qui m'avez pris en croupe sur vos chevaux robustes, qui vous êtes serrés quelquefois autour de vos tables pour me faire une place au souper de la ferme ?

LE CHŒUR. – Nous nous en souvenons, Seigneur. Vous étiez bien le plus mauvais garnement et le meilleur garçon de la terre.

PERDICAN. – Et pourquoi donc alors ne m'embrassez-vous pas, au lieu de me saluer comme un étranger ?

1. **Pécore** : idiote.

LE CHŒUR. – Que Dieu te bénisse, enfant de nos entrailles ! Chacun de nous voudrait te prendre dans ses bras ; mais nous sommes vieux, monseigneur, et vous êtes un homme.

PERDICAN. – Oui, il y a dix ans que je ne vous ai vus, et en un jour tout change sous le soleil. Je me suis élevé de quelques pieds vers le ciel, et vous vous êtes courbés de quelques pouces[1] vers le tombeau. Vos têtes ont blanchi, vos pas sont devenus plus lents, vous ne pouvez plus soulever de terre votre enfant d'autrefois. C'est donc à moi d'être votre père, à vous qui avez été les miens.

LE CHŒUR. – Votre retour est un jour plus heureux que votre naissance. Il est plus doux de retrouver ce qu'on aime que d'embrasser un nouveau-né.

PERDICAN. – Voilà donc ma chère vallée ! mes noyers, mes sentiers verts, ma petite fontaine ! voilà mes jours passés encore tout pleins de vie, voilà le monde mystérieux des rêves de mon enfance ! Ô patrie ! patrie, mot incompréhensible ! l'homme n'est-il donc né que pour un coin de terre, pour y bâtir son nid et pour y vivre un jour ?

LE CHŒUR. – On nous a dit que vous êtes un savant, monseigneur.

PERDICAN. – Oui, on me l'a dit aussi. Les sciences sont une belle chose, mes enfants ; ces arbres et ces prairies enseignent à haute voix la plus belle de toutes, l'oubli de ce qu'on sait.

LE CHŒUR. – Il s'est fait plus d'un changement pendant votre absence. Il y a des filles mariées et des garçons partis pour l'armée.

PERDICAN. – Vous me conterez tout cela. Je m'attends bien à du nouveau ; mais en vérité je n'en veux pas encore. Comme ce

1. **Pieds, pouces** : anciennes mesures de longueur ; un pied équivalait à 32,4 cm et un pouce à 2,7 cm.

lavoir est petit ! autrefois il me paraissait immense ; j'avais emporté dans ma tête un océan et des forêts, et je retrouve une goutte d'eau et des brins d'herbe. Quelle est donc cette jeune fille qui chante à sa croisée[1] derrière ces arbres ?

LE CHŒUR. – C'est Rosette, la sœur de lait de votre cousine Camille.

PERDICAN, *s'avançant*. – Descends vite, Rosette, et viens ici.

ROSETTE, *entrant*. – Oui, monseigneur.

PERDICAN. – Tu me voyais de ta fenêtre, et tu ne venais pas, méchante fille ! Donne-moi vite cette main-là, et ces joues-là, que je t'embrasse.

ROSETTE. – Oui, monseigneur.

PERDICAN. – Es-tu mariée, petite ? on m'a dit que tu l'étais.

ROSETTE. – Oh ! non.

PERDICAN. – Pourquoi ? Il n'y a pas dans le village de plus jolie fille que toi. Nous te marierons, mon enfant.

LE CHŒUR. – Monseigneur, elle veut mourir fille[2].

PERDICAN. – Est-ce vrai, Rosette ?

ROSETTE. – Oh ! non.

PERDICAN. – Ta sœur Camille est arrivée. L'as-tu vue ?

ROSETTE. – Elle n'est pas encore venue par ici.

PERDICAN. – Va-t'en vite mettre ta robe neuve, et viens souper au château.

1. **Croisée** : fenêtre.
2. **Fille** : non mariée. Rosette est secrètement amoureuse de Perdican depuis l'enfance...

SCÈNE 5 – LE BARON, MAÎTRE BLAZIUS, MAÎTRE BRIDAINE

Une salle.

Entrent le baron et maître Blazius.

MAÎTRE BLAZIUS. – Seigneur, j'ai un mot à vous dire ; le curé de la paroisse est un ivrogne.

LE BARON. – Fi donc[1] ! cela ne se peut pas.

MAÎTRE BLAZIUS. – J'en suis certain ; il a bu à dîner trois bouteilles de vin.

LE BARON. – Cela est exorbitant.

MAÎTRE BLAZIUS. – Et, en sortant de table, il a marché sur les plates-bandes.

LE BARON. – Sur les plates-bandes ! Je suis confondu[2]. Voilà qui est étrange ! Boire trois bouteilles de vin à dîner ! marcher sur les plates-bandes ! c'est incompréhensible. Et pourquoi ne marchait-il pas dans l'allée ?

MAÎTRE BLAZIUS. – Parce qu'il allait de travers.

LE BARON, *à part*. – Je commence à croire que Bridaine avait raison ce matin. Ce Blazius sent le vin d'une manière horrible.

MAÎTRE BLAZIUS. – De plus, il a mangé beaucoup ; sa parole était embarrassée.

LE BARON. – Vraiment, je l'ai remarqué aussi.

MAÎTRE BLAZIUS. – Il a lâché quelques mots latins ; c'était autant de solécismes[3] ; seigneur, c'est un homme dépravé[4].

1. **Fi donc** : allez donc ! Interjection marquant le mépris.
2. **Confondu** : stupéfait.
3. **Solécismes** : fautes de grammaire.
4. **Dépravé** : débauché, vicieux.

La caractéristique fondamentale de la langue des trois personnages-marionnettes dans cette scène et dans la pièce en général est qu'ils usent avec le plus grand sérieux d'une langue figée, mécanique, qui ne véhicule que des stéréotypes. Cette langue de bois, qui masque mal leur néant intérieur, s'oppose au relatif franc-parler des héros.

LE BARON, *à part.* – Pouah ! ce Blazius a une odeur qui est intolérable. – Apprenez, gouverneur, que j'ai bien autre chose en tête, et que je ne me mêle jamais de ce qu'on boit ni de ce qu'on mange. Je ne suis pas un majordome[1].

MAÎTRE BLAZIUS. – À Dieu ne plaise que je vous déplaise, monsieur le baron. Votre vin est bon.

LE BARON. – Il y a de bon vin dans mes caves.

MAÎTRE BRIDAINE, *entrant.* – Seigneur, votre fils est sur la place, suivi de tous les polissons du village.

LE BARON. – Cela est impossible.

MAÎTRE BRIDAINE. – Je l'ai vu de mes propres yeux. Il ramassait des cailloux pour faire des ricochets.

LE BARON. – Des ricochets ! ma tête s'égare ; voilà mes idées qui se bouleversent. Vous me faites un rapport insensé, Bridaine. Il est inouï qu'un docteur fasse des ricochets.

MAÎTRE BRIDAINE. – Mettez-vous à la fenêtre, monseigneur, vous le verrez de vos propres yeux.

LE BARON, *à part.* – Ô ciel ! Blazius a raison ; Bridaine va de travers.

MAÎTRE BRIDAINE. – Regardez, monseigneur, le voilà au bord du lavoir. Il tient sous le bras une jeune paysanne.

LE BARON. – Une jeune paysanne ! Mon fils vient-il ici pour débaucher mes vassales ? Une paysanne sous le bras ! et tous les gamins du village autour de lui ! Je me sens hors de moi.

MAÎTRE BRIDAINE. – Cela crie vengeance.

LE BARON. – Tout est perdu ! perdu sans ressources ! Je suis perdu : Bridaine va de travers, Blazius sent le vin à faire horreur, et mon fils séduit toutes les filles du village en faisant des ricochets !

Il sort.

1. **Majordome** : maître d'hôtel.

Acte II

SCÈNE 1 – MAÎTRE BLAZIUS, PERDICAN, CAMILLE, DAME PLUCHE

Un jardin.

Entrent maître Blazius et Perdican.

MAÎTRE BLAZIUS. – Seigneur, votre père est au désespoir.

PERDICAN. – Pourquoi cela ?

MAÎTRE BLAZIUS. – Vous n'ignorez pas qu'il avait formé le projet de vous unir à votre cousine Camille ?

PERDICAN. – Eh bien ? – Je ne demande pas mieux.

MAÎTRE BLAZIUS. – Cependant le baron croit remarquer que vos caractères ne s'accordent pas.

PERDICAN. – Cela est malheureux ; je ne puis refaire le mien.

MAÎTRE BLAZIUS. – Rendrez-vous par là ce mariage impossible ?

PERDICAN. – Je vous répète que je ne demande pas mieux que d'épouser Camille. Allez trouver le baron et dites-lui cela.

MAÎTRE BLAZIUS. – Seigneur, je me retire : voilà votre cousine qui vient de ce côté.

Il sort.

Entre Camille.

PERDICAN. – Déjà levée, cousine ? J'en suis toujours pour ce que je t'ai dit hier ; tu es jolie comme un cœur.

CAMILLE. – Parlons sérieusement, Perdican ; votre père veut nous marier. Je ne sais ce que vous en pensez ; mais je crois bien faire en vous prévenant que mon parti est pris là-dessus[1].

1. **Mon parti est pris là-dessus** : ma décision est prise sur ce sujet.

PERDICAN. – Tant pis pour moi si je vous déplais.

CAMILLE. – Pas plus qu'un autre, je ne veux pas me marier ; il n'y a rien là dont votre orgueil puisse souffrir.

PERDICAN. – L'orgueil n'est pas mon fait ; je n'en estime ni les joies ni les peines.

CAMILLE. – Je suis venue ici pour recueillir le bien de ma mère, je retourne demain au couvent.

PERDICAN. – Il y a de la franchise dans ta démarche ; touche là[1], et soyons bons amis.

CAMILLE. – Je n'aime pas les attouchements[2].

1. **Touche là** : serre-moi la main.
2. **Attouchements** : contacts physiques.

PERDICAN, *lui prenant la main.* – Donne-moi ta main, Camille, je t'en prie. Que crains-tu de moi ? Tu ne veux pas qu'on nous marie ? eh bien ! ne nous marions pas ; est-ce une raison pour nous haïr ? ne sommes-nous pas le frère et la sœur ? Lorsque ta mère a ordonné ce mariage dans son testament, elle a voulu que notre amitié fût éternelle, voilà tout ce qu'elle a voulu. Pourquoi nous marier ? voilà ta main et voilà la mienne ; et pour qu'elles restent unies ainsi jusqu'au dernier soupir, crois-tu qu'il nous faille un prêtre ? Nous n'avons besoin que de Dieu.

CAMILLE. – Je suis bien aise que mon refus vous soit indifférent.

PERDICAN. – Il ne m'est point indifférent, Camille. Ton amour m'eût donné la vie, mais ton amitié m'en consolera[1]. Ne quitte pas le château demain ; hier, tu as refusé de faire un tour de jardin, parce que tu voyais en moi un mari dont tu ne voulais pas. Reste ici quelques jours, laisse-moi espérer que notre vie passée n'est pas morte à jamais dans ton cœur.

CAMILLE. – Je suis obligée de partir.

PERDICAN. – Pourquoi ?

CAMILLE. – C'est mon secret.

PERDICAN. – En aimes-tu un autre que moi ?

CAMILLE. – Non ; mais je veux partir.

PERDICAN. – Irrévocablement ?

CAMILLE. – Oui, irrévocablement.

PERDICAN. – Eh bien ! adieu. J'aurais voulu m'asseoir avec toi sous les marronniers du petit bois, et causer de bonne amitié une heure ou deux. Mais si cela te déplaît, n'en parlons plus ; adieu, mon enfant.

Il sort.

1. **Ton amitié m'en consolera** : ton amitié me consolera de n'avoir pas obtenu ton amour.

CAMILLE, *à dame Pluche qui entre.* – Dame Pluche, tout est-il prêt ? Partirons-nous demain ? Mon tuteur a-t-il fini ses comptes ?

DAME PLUCHE. – Oui, chère colombe sans tache. Le baron m'a traitée de pécore hier soir, et je suis enchantée de partir.

CAMILLE. – Tenez, voilà un mot d'écrit que vous porterez avant dîner, de ma part, à mon cousin Perdican.

DAME PLUCHE. – Seigneur mon Dieu ! est-ce possible ? Vous écrivez un billet à un homme ?

CAMILLE. – Ne dois-je pas être sa femme ? Je puis bien écrire à mon fiancé.

DAME PLUCHE. – Le seigneur Perdican sort d'ici. Que pouvez-vous lui écrire ? Votre fiancé, miséricorde ! Serait-il vrai que vous oubliiez Jésus ?

CAMILLE. – Faites ce que je vous dis, et disposez tout pour notre départ.

Elles sortent.

SCÈNE 2 – MAÎTRE BRIDAINE

La salle à manger. On met le couvert.

Entre maître Bridaine.

MAÎTRE BRIDAINE. – Cela est certain, on lui donnera encore aujourd'hui la place d'honneur. Cette chaise que j'ai occupée si longtemps à la droite du baron sera la proie du gouverneur. Ô malheureux que je suis ! Un âne bâté[1], un ivrogne sans

1. **Âne bâté** : ignorant (au sens figuré).

pudeur me relègue au bas bout[1] de la table ! Le majordome lui versera le premier verre de Malaga[2], et lorsque les plats arriveront à moi, ils seront à moitié froids, et les meilleurs morceaux déjà avalés ; il ne restera plus autour des perdreaux ni choux ni carottes. Ô sainte Église catholique ! Qu'on lui ait donné cette place hier, cela se concevait ; il venait d'arriver ; c'était la première fois, depuis nombre d'années, qu'il s'asseyait à cette table. Dieu ! comme il dévorait ! Non, rien ne me restera que des os et des pattes de poulet. Je ne souffrirai pas cet affront. Adieu, vénérable fauteuil où je me suis renversé tant de fois gorgé de mets succulents ! Adieu, bouteilles cachetées, fumet sans pareil de venaisons[3] cuites à point ! Adieu, table splendide, noble salle à manger, je ne dirai plus le bénédicité[4] ! Je retourne à ma cure ; on ne me verra pas confondu parmi la foule des convives, et j'aime mieux, comme César, être le premier au village que le second dans Rome[5].

Il sort.

SCÈNE 3 – ROSETTE, PERDICAN

Un champ devant une petite maison.

Entrent Rosette et Perdican.

PERDICAN. – Puisque ta mère n'y est pas, viens faire un tour de promenade.

1. **Au bas bout** : au bout.
2. **Malaga** : vin de Malaga (Espagne).
3. **Bouteilles cachetées, fumet sans pareil de venaisons** : bouteilles de vin vieux, parfum incomparable des chairs de gibier.
4. **Bénédicité** : prière dite avant le repas (du latin *benedicite* « bénissez »).
5. **Être le premier au village que le second dans Rome** : parodie d'une maxime prononcée par Jules César vers 58 avant J.-C. : « J'aimerais mieux être le premier dans ce village que le second dans Rome. »

ROSETTE. – Croyez-vous que cela me fasse du bien, tous ces baisers que vous me donnez ?

PERDICAN. – Quel mal y trouves-tu ? Je t'embrasserais devant ta mère. N'es-tu pas la sœur de Camille ? Ne suis-je pas ton frère comme je suis le sien ?

ROSETTE. – Des mots sont des mots et des baisers sont des baisers. Je n'ai guère d'esprit[1], et je m'en aperçois bien sitôt que je veux dire quelque chose. Les belles dames savent leur affaire[2], selon qu'on leur baise la main droite ou la main gauche ; leurs pères les embrassent sur le front, leurs frères sur la joue, leurs amoureux sur les lèvres ; moi, tout le monde m'embrasse sur les deux joues, et cela me chagrine.

PERDICAN. – Que tu es jolie, mon enfant !

ROSETTE. – Il ne faut pas non plus vous fâcher pour cela. Comme vous paraissez triste ce matin ! Votre mariage est donc manqué ?

PERDICAN. – Les paysans de ton village se souviennent de m'avoir aimé ; les chiens de la basse-cour et les arbres du bois s'en souviennent aussi ; mais Camille ne s'en souvient pas. Et toi, Rosette, à quand le mariage ?

ROSETTE. – Ne parlons pas de cela, voulez-vous ? Parlons du temps qu'il fait, de ces fleurs que voilà, de vos chevaux et de mes bonnets[3].

PERDICAN. – De tout ce qui te plaira, de tout ce qui peut passer sur tes lèvres sans leur ôter ce sourire céleste que je respecte plus que ma vie.

Il l'embrasse.

1. **Je n'ai guère d'esprit** : je ne sais pas parler comme il faut pour plaire en société.
2. **Leur affaire** : quelle conduite adopter.
3. **Bonnets** : coiffes de paysanne.

ROSETTE. – Vous respectez mon sourire, mais vous ne respectez guère mes lèvres[1], à ce qu'il me semble. Regardez donc : voilà une goutte de pluie qui me tombe sur la main, et cependant le ciel est pur.

PERDICAN. – Pardonne-moi.

ROSETTE. – Que vous ai-je fait, pour que vous pleuriez ?

Ils sortent.

SCÈNE 4 – MAÎTRE BLAZIUS, LE BARON

Au château.

Entrent maître Blazius et le baron.

MAÎTRE BLAZIUS. – Seigneur, j'ai une chose singulière à vous dire. Tout à l'heure, j'étais par hasard dans l'office[2], je veux dire dans la galerie[3] : qu'aurais-je été faire dans l'office ? j'étais donc dans la galerie. J'avais trouvé par accident une bouteille, je veux dire une carafe d'eau : comment aurais-je trouvé une bouteille dans la galerie ? J'étais donc en train de boire un coup de vin, je veux dire un verre d'eau, pour passer le temps, et je regardais par la fenêtre, entre deux vases de fleurs qui me paraissaient d'un goût moderne, bien qu'ils soient imités de l'étrusque[4].

LE BARON. – Quelle insupportable manière de parler vous avez adoptée, Blazius ! vos discours sont inexplicables.

MAÎTRE BLAZIUS. – Écoutez-moi, seigneur, prêtez-moi un moment d'attention. Je regardais donc par la fenêtre. Ne vous

1. **Vous ne respectez guère mes lèvres** : Perdican vient de l'embrasser.
2. **Office** : pièce située entre la cuisine et la salle à manger, où l'on prépare tout ce qu'on va servir à table.
3. **Galerie** : salle beaucoup plus longue que large où sont exposées des œuvres d'art.
4. **De l'étrusque** : de l'art étrusque. Les Étrusques dominaient l'Italie centrale avant les Romains.

impatientez pas, au nom du ciel ! il y va de l'honneur de la famille.

LE BARON. – De la famille ! voilà qui est incompréhensible. De l'honneur de la famille, Blazius ! Savez-vous que nous sommes trente-sept mâles, et presque autant de femmes, tant à Paris qu'en province ?

MAÎTRE BLAZIUS. – Permettez-moi de continuer. Tandis que je buvais un coup de vin, je veux dire un verre d'eau, pour hâter la digestion tardive, imaginez que j'ai vu passer sous la fenêtre dame Pluche hors d'haleine●.

LE BARON. – Pourquoi hors d'haleine, Blazius ? ceci est insolite.

MAÎTRE BLAZIUS. – Et à côté d'elle, rouge de colère, votre nièce Camille.

LE BARON. – Qui était rouge de colère, ma nièce ou dame Pluche ?

MAÎTRE BLAZIUS. – Votre nièce, seigneur.

LE BARON. – Ma nièce rouge de colère ! Cela est inouï ! Et comment savez-vous que c'était de colère ? Elle pouvait être rouge pour mille raisons ; elle avait sans doute poursuivi quelques papillons dans mon parterre.

MAÎTRE BLAZIUS. – Je ne puis rien affirmer là-dessus ; cela se peut ; mais elle s'écriait avec force : « Allez-y ! trouvez-le ! faites ce qu'on vous dit ! vous êtes une sotte ! je le veux ! »

● **La dramaturgie classique interdisait les récits sur scène et ne les tolérait qu'exceptionnellement, lorsqu'il s'agissait de relater un souvenir ou un événement lointain ne pouvant être représenté ; encore devaient-ils être brefs. Or ici, le récit de Blazius s'étale sur toute une scène et ne concerne que des faits anecdotiques venant de se produire. Musset, en bon romantique, se rie des règles classiques.**

Et elle frappait avec son éventail sur le coude de dame Pluche, qui faisait un soubresaut[1] dans la luzerne[2] à chaque exclamation.

LE BARON. – Dans la luzerne ?... Et que répondait la gouvernante aux extravagances de ma nièce ? car cette conduite mérite d'être qualifiée ainsi.

MAÎTRE BLAZIUS. – La gouvernante répondait : « Je ne veux pas y aller ! Je ne l'ai pas trouvé ! Il fait la cour aux filles du village, à des gardeuses de dindons ! Je suis trop vieille pour commencer à porter des messages d'amour ; grâce à Dieu, j'ai vécu les mains pures jusqu'ici » ; et, tout en parlant, elle froissait dans ses mains un petit papier plié en quatre.

LE BARON. – Je n'y comprends rien ; mes idées s'embrouillent tout à fait. Quelle raison pouvait avoir dame Pluche pour froisser un papier plié en quatre en faisant des soubresauts dans une luzerne ? Je ne puis ajouter foi à de pareilles monstruosités.

MAÎTRE BLAZIUS. – Ne comprenez-vous pas clairement, seigneur, ce que cela signifiait ?

LE BARON. – Non, en vérité, non, mon ami, je n'y comprends absolument rien. Tout cela me paraît une conduite désordonnée, il est vrai, mais sans motif comme sans excuse.

MAÎTRE BLAZIUS. – Cela veut dire que votre nièce a une correspondance secrète.

LE BARON. – Que dites-vous ? Songez-vous de qui vous parlez ? Pesez vos paroles, monsieur l'abbé.

1. **Soubresaut** : petit saut brusque.
2. **Luzerne** : sorte d'herbe à fleurs violettes.

MAÎTRE BLAZIUS. – Je les pèserais dans la balance céleste qui doit peser mon âme au jugement dernier que je n'y trouverais pas un mot qui sente la fausse monnaie. Votre nièce a une correspondance secrète.

LE BARON. – Mais songez donc, mon ami, que cela est impossible.

MAÎTRE BLAZIUS. – Pourquoi aurait-elle chargé sa gouvernante d'une lettre ? Pourquoi aurait-elle crié : *Trouvez-le !* tandis que l'autre boudait et rechignait ?

LE BARON. – Et à qui était adressée cette lettre ?

MAÎTRE BLAZIUS. – Voilà précisément le *hic*[1], monseigneur, *hic jacet lepus*[2]. À qui était adressée cette lettre ? à un homme qui fait la cour à une gardeuse de dindons. Or un homme qui recherche en public une gardeuse de dindons peut être soupçonné violemment d'être né pour les garder lui-même. Cependant il est impossible que votre nièce, avec l'éducation qu'elle a reçue, soit éprise d'un tel homme ; voilà ce que je dis, et ce qui fait que je n'y comprends rien non plus que vous, révérence parler[3].

LE BARON. – Ô ciel ! ma nièce m'a déclaré ce matin même qu'elle refusait son cousin Perdican. Aimerait-elle un gardeur de dindons ? Passons dans mon cabinet ; j'ai éprouvé depuis hier des secousses si violentes que je ne puis rassembler mes idées.

Ils sortent.

1. ***Hic*** : « Terme familier. Le nœud ou la principale difficulté d'une affaire. Voilà le hic. » (*Dictionnaire Littré*, 1860-1876). L'expression vient du premier mot de la locution latine *hic est questio* « là est la question ». Bien sûr, ce *hic* est aussi l'imitation phonique d'un hoquet d'ivrogne (comique de mot).
2. ***Hic jacet lepus*** : « Ici gît le lièvre » (expression latine).
3. **Révérence parler** : sans vouloir vous offenser (en disant que vous ne comprenez rien aux événements).

SCÈNE 5 – PERDICAN, CAMILLE

Une fontaine dans un bois.

Entre Perdican, lisant un billet.

« Trouvez-vous à midi à la petite fontaine. » Que veut dire cela ? tant de froideur, un refus si positif[1], si cruel, un orgueil si insensible, et un rendez-vous par-dessus tout ? Si c'est pour me parler d'affaires, pourquoi choisir un pareil endroit ? Est-ce une coquetterie[2] ? Ce matin, en me promenant avec Rosette, j'ai entendu remuer dans les broussailles, et il m'a semblé que c'était un pas de biche●. Y a-t-il ici quelque intrigue ?

Entre Camille.

CAMILLE. – Bonjour, cousin ; j'ai cru m'apercevoir, à tort ou à raison, que vous me quittiez tristement ce matin. Vous m'avez pris la main malgré moi, je viens vous demander de me donner la vôtre. Je vous ai refusé un baiser, le voilà. *(Elle l'embrasse.)* Maintenant, vous m'avez dit que vous seriez bien aise de causer de bonne amitié. Asseyez-vous là, et causons.

Elle s'assoit.

PERDICAN. – Avais-je fait un rêve, ou en fais-je un autre en ce moment ?

CAMILLE. – Vous avez trouvé singulier de recevoir un billet de moi, n'est-ce pas ? Je suis d'humeur changeante ; mais vous m'avez dit ce matin un mot très juste : « Puisque nous nous quittons, quittons-nous bons amis. » Vous ne savez pas la raison pour laquelle je pars, et je viens vous la dire : je vais prendre le voile[3].

1. **Positif** : clair et net.
2. **Coquetterie** : manège de coquette, manœuvre de séduction.
3. **Prendre le voile** : se faire définitivement religieuse, s'enfermer à vie dans un couvent.

● **Il est ici suggéré que Camille (la biche) aurait assisté (à l'insu du public) à la scène 3 de l'acte II...**

PERDICAN. – Est-ce possible ? Est-ce toi, Camille, que je vois dans cette fontaine, assise sur les marguerites comme aux jours d'autrefois ?

CAMILLE. – Oui, Perdican, c'est moi. Je viens revivre un quart d'heure de la vie passée. Je vous ai paru brusque et hautaine ; cela est tout simple, j'ai renoncé au monde. Cependant, avant de le quitter, je serais bien aise d'avoir votre avis. Trouvez-vous que j'aie raison de me faire religieuse ?

PERDICAN. – Ne m'interrogez pas là-dessus, car je ne me ferai jamais moine.

CAMILLE. – Depuis près de dix ans que nous avons vécu éloignés l'un de l'autre, vous avez commencé l'expérience de la vie. Je sais quel homme vous êtes, et vous devez avoir beaucoup appris en peu de temps avec un cœur et un esprit comme les vôtres. Dites-moi, avez-vous eu des maîtresses ?

PERDICAN. – Pourquoi cela ?

CAMILLE. – Répondez-moi, je vous en prie, sans modestie et sans fatuité[1].

PERDICAN. – J'en ai eu.

CAMILLE. – Les avez-vous aimées ?

PERDICAN. – De tout mon cœur.

CAMILLE. – Où sont-elles maintenant ? Le savez-vous ?

PERDICAN. – Voilà, en vérité, des questions singulières. Que voulez-vous que je vous dise ? Je ne suis ni leur mari ni leur frère ; elles sont allées où bon leur a semblé.

CAMILLE. – Il doit nécessairement y en avoir une que vous ayez préférée aux autres. Combien de temps avez-vous aimé celle que vous avez aimée le mieux ?

PERDICAN. – Tu es une drôle de fille ! Veux-tu te faire mon confesseur ?

1. **Fatuité** : vanité.

On ne badine pas avec l'amour *d'Alfred de Musset.*

CAMILLE. – C'est une grâce que je vous demande de me répondre sincèrement. Vous n'êtes point un libertin[1], et je crois que votre cœur a de la probité[2]. Vous avez dû inspirer l'amour, car vous le méritez, et vous ne vous seriez pas livré à un caprice. Répondez-moi, je vous en prie.

PERDICAN. – Ma foi, je ne m'en souviens pas.

CAMILLE. – Connaissez-vous un homme qui n'ait aimé qu'une femme ?

PERDICAN. – Il y en a certainement.

CAMILLE. – Est-ce un de vos amis ? Dites-moi son nom.

PERDICAN. – Je n'ai pas de nom à vous dire, mais je crois qu'il y a des hommes capables de n'aimer qu'une fois.

CAMILLE. – Combien de fois un honnête homme peut-il aimer ?

PERDICAN. – Veux-tu me faire réciter une litanie[3], ou récites-tu toi-même un catéchisme[4] ?

CAMILLE. – Je voudrais m'instruire, et savoir si j'ai tort ou raison de me faire religieuse. Si je vous épousais, ne devriez-vous pas répondre avec franchise à toutes mes questions, et me montrer votre cœur à nu ? Je vous estime beaucoup, et je vous crois, par votre éducation et par votre nature, supérieur à beaucoup d'autres hommes. Je suis fâchée que vous ne vous souveniez plus de ce que je vous demande ; peut-être en vous connaissant mieux je m'enhardirais[5].

PERDICAN. – Où veux-tu en venir ? Parle ; je répondrai.

CAMILLE. – Répondez donc à ma première question. Ai-je raison de rester au couvent ?

1. **Libertin** : homme impie et immoral.
2. **Probité** : droiture.
3. **Litanie** : longue prière énumérative et répétitive.
4. **Catéchisme** : cours d'instruction religieuse.
5. **Je m'enhardirais** : je me sentirais plus sûre de moi.

PERDICAN. – Non.

CAMILLE. – Je ferais donc mieux de vous épouser ?

PERDICAN. – Oui.

CAMILLE. – Si le curé de votre paroisse soufflait sur un verre d'eau et vous disait que c'est un verre de vin●, le boiriez-vous comme tel ?

PERDICAN. – Non.

CAMILLE. – Si le curé de votre paroisse soufflait sur vous et me disait que vous m'aimerez toute votre vie, aurais-je raison de le croire ?

PERDICAN. – Oui et non.

CAMILLE. – Que me conseilleriez-vous de faire le jour où je verrais que vous ne m'aimez plus ?

PERDICAN. – De prendre un amant.

CAMILLE. – Que ferai-je ensuite le jour où mon amant ne m'aimera plus ?

PERDICAN. – Tu en prendras un autre.

CAMILLE. – Combien de temps cela durera-t-il ?

PERDICAN. – Jusqu'à ce que tes cheveux soient gris, et alors les miens seront blancs.

CAMILLE. – Savez-vous ce que c'est que les cloîtres[1], Perdican ? Vous êtes-vous jamais assis un jour entier sur le banc d'un monastère de femmes ?

PERDICAN. – Oui, je m'y suis assis.

CAMILLE. – J'ai pour amie une sœur qui n'a que trente ans, et qui a eu cinq cent mille livres de revenu à l'âge de quinze ans. C'est la plus belle et la plus noble créature qui ait marché sur terre.

1. **Cloître** : partie clôturée d'un monastère, interdite aux profanes.

● **Allusion au miracle des noces de Cana en Galilée où Jésus transforma l'eau en vin (*Évangile selon Saint Jean*, II, 1-11).**

Elle était pairesse du parlement[1] et avait pour mari un des hommes les plus distingués de France. Aucune des nobles facultés humaines n'était restée sans culture en elle, et, comme un arbrisseau d'une sève choisie, tous ses bourgeons avaient donné des ramures. Jamais l'amour et le bonheur ne poseront leur couronne fleurie sur un front plus beau. Son mari l'a trompée ; elle a aimé un autre homme, et elle se meurt de désespoir.

PERDICAN. – Cela est possible.

CAMILLE. – Nous habitons la même cellule[2], et j'ai passé des nuits entières à parler de ses malheurs ; ils sont presque devenus les miens ; cela est singulier, n'est-ce pas ? Je ne sais trop comment cela se fait. Quand elle me parlait de son mariage, quand elle me peignait d'abord l'ivresse des premiers jours, puis la tranquillité des autres, et comme enfin tout s'était envolé ; comme elle était assise le soir au coin du feu, et lui auprès de la fenêtre, sans se dire un seul mot ; comme leur amour avait langui, et comme tous les efforts pour se rapprocher n'aboutissaient qu'à des querelles ; comme une figure étrangère est venue peu à peu se placer entre eux et se glisser dans leurs souffrances ; c'était moi que je voyais agir tandis qu'elle parlait. Quand elle disait : Là, j'ai été heureuse, mon cœur bondissait ; et quand elle ajoutait : Là, j'ai pleuré, mes larmes coulaient. Mais figurez-vous quelque chose de plus singulier encore ; j'avais fini par me créer une vie imaginaire ; cela a duré quatre ans ; il est inutile de vous dire par combien

1. **Pairesse du parlement** : femme d'un membre de la Chambre des pairs. Les pairs de France étaient désignés par le roi, au contraire des représentants des départements qui étaient élus et constituaient la Chambre des députés. Ces deux assemblées (formant le Parlement) détenaient le pouvoir législatif.
2. **Cellule** : petite chambre.

de réflexions, de retours sur moi-même, tout cela est venu. Ce que je voulais vous raconter comme une curiosité, c'est que tous les récits de Louise, toutes les fictions de mes rêves portaient votre ressemblance.

PERDICAN. – Ma ressemblance à moi ?

CAMILLE. – Oui, et cela est naturel : vous étiez le seul homme que j'eusse connu. En vérité, je vous ai aimé, Perdican.

PERDICAN. – Quel âge as-tu, Camille ?

CAMILLE. – Dix-huit ans.

PERDICAN. – Continue, continue ; j'écoute.

CAMILLE. – Il y a deux cents femmes dans notre couvent ; un petit nombre de ces femmes ne connaîtra jamais la vie, et tout le reste attend la mort. Plus d'une parmi elles sont sorties du monastère comme j'en sors aujourd'hui, vierges et pleines d'espérances. Elles sont revenues peu de temps après, vieilles et désolées. Tous les jours il en meurt dans nos dortoirs, et tous les jours il en vient de nouvelles prendre la place des mortes sur les matelas de crin. Les étrangers qui nous visitent admirent le calme et l'ordre de la maison ; ils regardent attentivement la blancheur de nos voiles, mais ils se demandent pourquoi nous les rabaissons sur nos yeux. Que pensez-vous de ces femmes, Perdican ? Ont-elles tort ou ont-elles raison ?

PERDICAN. – Je n'en sais rien.

CAMILLE. – Il s'en est trouvé quelques-unes qui me conseillent de rester vierge. Je suis bien aise de vous consulter. Croyez-vous que ces femmes-là auraient mieux fait de prendre un amant et de me conseiller d'en faire autant ?

PERDICAN. – Je n'en sais rien.

CAMILLE. – Vous aviez promis de me répondre.

PERDICAN. – J'en suis dispensé tout naturellement ; je ne crois pas que ce soit toi qui parles.

CAMILLE. – Cela se peut, il doit y avoir dans toutes mes idées des choses très ridicules. Il se peut bien qu'on m'ait fait la leçon, et que je ne sois qu'un perroquet mal appris. Il y a dans la galerie un petit tableau qui représente un moine courbé sur un missel[1] ; à travers les barreaux obscurs de sa cellule glisse un faible rayon de soleil, et on aperçoit une locanda[2] italienne, devant laquelle danse un chevrier[3]. Lequel de ces deux hommes estimez-vous davantage ?

PERDICAN. – Ni l'un ni l'autre et tous les deux. Ce sont deux hommes de chair et d'os ; il y en a un qui lit et un autre qui danse ; je n'y vois pas autre chose. Tu as raison de te faire religieuse.

CAMILLE. – Vous me disiez non tout à l'heure.

PERDICAN. – Ai-je dit non ? Cela est possible.

CAMILLE. – Ainsi vous me le conseillez ?

PERDICAN. – Ainsi tu ne crois à rien ?

CAMILLE. – Lève la tête, Perdican ! quel est l'homme qui ne croit à rien ?

PERDICAN, *se levant*. – En voilà un ; je ne crois pas à la vie immortelle. – Ma sœur chérie, les religieuses t'ont donné leur expérience ; mais, crois-moi, ce n'est pas la tienne ; tu ne mourras pas sans aimer.

CAMILLE. – Je veux aimer, mais je ne veux pas souffrir ; je veux aimer d'un amour éternel, et faire des serments qui ne se violent pas. Voilà mon amant.

1. **Missel** : livre de prière.
2. **Locanda** : auberge (mot italien).
3. **Chevrier** : gardien de chèvres.

Elle montre son crucifix.

PERDICAN. – Cet amant-là n'exclut pas les autres.

CAMILLE. – Pour moi, du moins, il les exclura. Ne souriez pas, Perdican ! Il y a dix ans que je ne vous ai vu, et je pars demain. Dans dix autres années, si nous nous revoyons, nous en reparlerons. J'ai voulu ne pas rester dans votre souvenir comme une froide statue ; car l'insensibilité mène au point où j'en suis. Écoutez-moi : retournez à la vie, et tant que vous serez heureux, tant que vous aimerez comme on peut aimer sur la terre, oubliez votre sœur Camille ; mais s'il vous arrive jamais d'être oublié ou d'oublier vous-même, si l'ange de l'espérance vous abandonne, lorsque vous serez seul avec le vide dans le cœur, pensez à moi, qui prierai pour vous.

PERDICAN. – Tu es une orgueilleuse ; prends garde à toi.

CAMILLE. – Pourquoi ?

PERDICAN. – Tu as dix-huit ans, et tu ne crois pas à l'amour !

CAMILLE. – Y croyez-vous, vous qui parlez ? vous voilà courbé près de moi avec des genoux qui se sont usés sur les tapis de vos maîtresses, et vous n'en savez plus le nom. Vous avez pleuré des larmes de joie et des larmes de désespoir ; mais vous saviez que l'eau des sources est plus constante que vos larmes, et qu'elle serait toujours là pour laver vos paupières gonflées. Vous faites votre métier de jeune homme, et vous souriez quand on vous parle de femmes désolées ; vous ne croyez pas

Camille et Perdican ont en commun de louer l'amour et de blâmer le mariage ; c'est un trait qu'ils partagent avec leurs modèles réels, Musset et Sand. Mais à la différence de ces derniers, qui étaient des écrivains professionnels et des penseurs expérimentés, les deux personnages possèdent un double défaut : le culte de la rhétorique et la confusion entre le sacré et le profane.

qu'on puisse mourir d'amour, vous qui vivez et qui avez aimé. Qu'est-ce donc que le monde[1] ? Il me semble que vous devez cordialement mépriser les femmes qui vous prennent tel que vous êtes, et qui chassent leur dernier amant pour vous attirer dans leurs bras avec les baisers d'un autre sur les lèvres. Je vous demandais tout à l'heure si vous aviez aimé ; vous m'avez répondu comme un voyageur à qui l'on demanderait s'il a été en Italie ou en Allemagne, et qui dirait : Oui, j'y ai été ; puis qui penserait à aller en Suisse, ou dans le premier pays venu. Est-ce donc une monnaie que votre amour pour qu'il puisse passer ainsi de main en main jusqu'à la mort ? Non, ce n'est pas même une monnaie ; car la plus mince pièce d'or vaut mieux que vous, et dans quelques mains qu'elle passe, elle garde son effigie[2].

PERDICAN. – Que tu es belle, Camille, lorsque tes yeux s'animent !

CAMILLE. – Oui, je suis belle, je le sais. Les complimenteurs ne m'apprendront rien ; la froide nonne qui coupera mes cheveux pâlira peut-être de sa mutilation ; mais ils ne se changeront pas en bagues et en chaînes pour courir les boudoirs[3] ; il n'en manquera pas un seul sur ma tête lorsque le fer[4] y passera ; je ne veux qu'un coup de ciseau, et quand le prêtre qui me bénira me mettra au doigt l'anneau d'or de mon époux céleste[5], la mèche de cheveux que je lui donnerai pourra lui servir de manteau.

PERDICAN. – Tu es en colère, en vérité.

1. **Le monde** : la vie profane (par opposition à la vie monastique).
2. **Effigie** : image du visage imprimée sur une pièce.
3. **Boudoir** : petit salon de dame, élégant et très intime.
4. **Fer** : le fer du ciseau (les ciseaux).
5. **Époux céleste** : la cérémonie de la prise de voile consiste en un mariage avec le Christ ; l'anneau au doigt marque symboliquement cette union mystique.

CAMILLE. – J'ai eu tort de parler ; j'ai ma vie entière sur les lèvres. Ô Perdican ! ne raillez pas[1], tout cela est triste à mourir.

PERDICAN. – Pauvre enfant, je te laisse dire, et j'ai bien envie de te répondre un mot. Tu me parles d'une religieuse qui me paraît avoir eu sur toi une influence funeste[2] ; tu dis qu'elle a été trompée elle-même et qu'elle est désespérée. Es-tu sûre que si son mari ou son amant revenait lui tendre la main à travers la grille du parloir, elle ne lui tendrait pas la sienne ?

CAMILLE. – Qu'est-ce que vous dites ? J'ai mal entendu.

PERDICAN. – Es-tu sûre que si son mari ou son amant revenait lui dire de souffrir encore, elle répondrait non ?

CAMILLE. – Je le crois.

PERDICAN. – Il y a deux cents femmes dans ton monastère, et la plupart ont au fond du cœur des blessures profondes ; elles te les ont fait toucher, et elles ont coloré ta pensée virginale des gouttes de leur sang. Elles ont vécu, n'est-ce pas ? et elles t'ont montré avec horreur la route de leur vie ; tu t'es signée devant leurs cicatrices comme devant les plaies de Jésus[3] ; elles t'ont fait une place dans leurs processions lugubres, et tu te serres contre ces corps décharnés avec une crainte religieuse, lorsque tu vois passer un homme. Es-tu sûre que si l'homme qui passe était celui qui les a trompées, celui pour qui elles pleurent et elles souffrent, celui qu'elles maudissent en priant Dieu, es-tu sûre qu'en le voyant elles ne briseraient pas leurs chaînes pour courir à leurs malheurs passés, et pour presser leurs poitrines sanglantes sur le poignard qui les a meurtries ? Ô mon enfant ! sais-tu les rêves de ces femmes qui te disent

1. **Ne raillez pas** : ne plaisantez pas, ne vous moquez pas.
2. **Funeste** : maléfique.
3. **Les plaies de Jésus** : les cinq blessures (mains, pieds, côté) infligées au Christ lors de sa crucifixion.

de ne pas rêver ? Sais-tu quel nom elles murmurent quand les sanglots qui sortent de leurs lèvres font trembler l'hostie[1] qu'on leur présente ? Elles qui s'assoient près de toi avec leurs têtes branlantes pour verser dans ton oreille leur vieillesse flétrie, elles qui sonnent dans les ruines de ta jeunesse le tocsin[2] de leur désespoir et font sentir à ton sang vermeil[3] la fraîcheur de leurs tombes ; sais-tu qui elles sont ?

CAMILLE. – Vous me faites peur ; la colère vous prend aussi.

PERDICAN. – Sais-tu ce que c'est que des nonnes, malheureuse fille ? Elles qui te représentent l'amour des hommes comme un mensonge, savent-elles qu'il y a pis[4] encore, le mensonge de l'amour divin ? Savent-elles que c'est un crime qu'elles font de venir chuchoter à une vierge des paroles de femme ? Ah ! comme elles t'ont fait la leçon ! Comme j'avais prévu tout cela quand tu t'es arrêtée devant le portrait de notre vieille tante ! Tu voulais partir sans me serrer la main ; tu ne voulais revoir ni ce bois, ni cette pauvre petite fontaine qui nous regarde tout en larmes ; tu reniais les jours de ton enfance et le masque de plâtre que les nonnes t'ont placé sur les joues me refusait un baiser de frère ; mais ton cœur a battu ; il a oublié sa leçon, lui qui ne sait pas lire, et tu es revenue t'asseoir sur l'herbe où nous voilà. Eh bien ! Camille, ces femmes ont bien parlé ; elles t'ont mise dans le vrai chemin ; il pourra m'en coûter le bonheur de ma vie ; mais dis-leur cela de ma part : le ciel n'est pas pour elles.

CAMILLE. – Ni pour moi, n'est-ce pas ?

1. **Hostie** : petite rondelle de pain azyme (sans levain) que le prêtre consacre puis offre aux chrétiens à la fin de la messe, en souvenir du sacrifice de Jésus (du latin *hostia* « victime »).
2. **Tocsin** : sonnerie de cloches signalant un danger.
3. **Vermeil** : rouge vif.
4. **Pis** : pire.

PERDICAN. – Adieu, Camille, retourne à ton couvent, et lorsqu'on te fera de ces récits hideux qui t'ont empoisonnée, réponds ce que je vais te dire : Tous les hommes sont menteurs, inconstants[1], faux, bavards, hypocrites, orgueilleux ou lâches, méprisables et sensuels ; toutes les femmes sont perfides[2], artificieuses[3], vaniteuses, curieuses et dépravées ; le monde n'est qu'un égout sans fond où les phoques les plus informes rampent et se tordent sur des montagnes de fange[4] ; mais il y a au monde une chose sainte et sublime, c'est l'union de deux de ces êtres si imparfaits et si affreux. On est souvent trompé en amour, souvent blessé et souvent malheureux ; mais on aime, et quand on est sur le bord de sa tombe, on se retourne pour regarder en arrière, et on se dit : J'ai souffert souvent, je me suis trompé quelquefois, mais j'ai aimé. C'est moi qui ai vécu, et non pas un être factice créé par mon orgueil et mon ennui.

Il sort.

1. **Inconstants** : infidèles.
2. **Perfides** : traîtresses.
3. **Artificieuses** : trompeuses.
4. **Fange** : boue.

Acte III

SCÈNE 1 – LE BARON, MAÎTRE BLAZIUS, PERDICAN

Devant le château.

Entrent le baron et maître Blazius.

LE BARON. – Indépendamment de votre ivrognerie, vous êtes un bélître[1], maître Blazius. Mes valets vous voient entrer furtivement dans l'office, et quand vous êtes convaincu[2] d'avoir volé mes bouteilles de la manière la plus pitoyable, vous croyez vous justifier en accusant ma nièce d'une correspondance secrète.

MAÎTRE BLAZIUS. – Mais, monseigneur, veuillez vous rappeler...

LE BARON. – Sortez, monsieur l'abbé, et ne reparaissez jamais devant moi ; il est déraisonnable d'agir comme vous le faites, et ma gravité m'oblige à ne vous pardonner de ma vie.

Il sort ; maître Blazius le suit. Entre Perdican.

PERDICAN. – Je voudrais bien savoir si je suis amoureux. D'un côté, cette manière d'interroger est tant soit peu cavalière[3], pour une fille de dix-huit ans ; d'un autre, les idées que ces nonnes lui ont fourrées dans la tête auront de la peine à se corriger. De plus, elle doit partir aujourd'hui. Diable ! je l'aime, cela est sûr. Après tout, qui sait ? peut-être elle répétait une leçon, et d'ailleurs il est clair qu'elle ne se soucie pas de moi. D'une autre part, elle a beau être jolie, cela n'empêche pas qu'elle n'ait des manières beaucoup trop décidées, et un

1. **Bélître** : vaurien, homme sans valeur (terme injurieux).
2. **Convaincu** : reconnu coupable.
3. **Cavalière** : inconvenante.

ton trop brusque. Je n'ai qu'à n'y plus penser ; il est clair que je ne l'aime pas. Cela est certain qu'elle est jolie ; mais pourquoi cette conversation d'hier ne veut-elle pas me sortir de la tête ? En vérité j'ai passé la nuit à radoter[1]. Où vais-je donc ? – Ah ! je vais au village.

Il sort.

SCÈNE 2 – MAÎTRE BRIDAINE, MAÎTRE BLAZIUS, DAME PLUCHE, PERDICAN, ROSETTE, UN PAYSAN

Un chemin.

Entre maître Bridaine.

MAÎTRE BRIDAINE. – Que font-ils maintenant ? Hélas ! voilà midi. – Ils sont à table. Que mangent-ils ? Que ne mangent-ils pas ? J'ai vu la cuisinière traverser le village avec un énorme dindon. L'aide portait les truffes, avec un panier de raisins.

Entre maître Blazius.

MAÎTRE BLAZIUS. – Ô disgrâce imprévue ! me voilà chassé du château, par conséquent de la salle à manger. Je ne boirai plus le vin de l'office.

MAÎTRE BRIDAINE. – Je ne verrai plus fumer les plats ; je ne chaufferai plus au feu de la noble cheminée mon ventre copieux.

MAÎTRE BLAZIUS. – Pourquoi une fatale curiosité m'a-t-elle poussé à écouter le dialogue de dame Pluche et de la nièce ? Pourquoi ai-je rapporté au baron tout ce que j'ai vu ?

MAÎTRE BRIDAINE. – Pourquoi un vain orgueil m'a-t-il éloigné de ce dîner honorable, où j'étais si bien accueilli ? Que m'importait d'être à droite ou à gauche ?

1. **Radoter** : déraisonner.

MAÎTRE BLAZIUS. – Hélas ! j'étais gris[1], il faut en convenir, lorsque j'ai fait cette folie.

MAÎTRE BRIDAINE. – Hélas ! le vin m'avait monté à la tête quand j'ai commis cette imprudence.

MAÎTRE BLAZIUS. – Il me semble que voilà le curé.

MAÎTRE BRIDAINE. – C'est le gouverneur en personne.

MAÎTRE BLAZIUS. – Oh ! oh ! monsieur le curé, que faites-vous là ?

MAÎTRE BRIDAINE. – Moi ! je vais dîner. N'y venez-vous pas ?

MAÎTRE BLAZIUS. – Pas aujourd'hui. Hélas ! maître Bridaine, intercédez pour moi[2] ; le baron m'a chassé. J'ai accusé faussement mademoiselle Camille d'avoir une correspondance secrète, et cependant Dieu m'est témoin que j'ai vu ou que j'ai cru voir dame Pluche dans la luzerne. Je suis perdu, monsieur le curé.

MAÎTRE BRIDAINE. – Que m'apprenez-vous là ?

MAÎTRE BLAZIUS. – Hélas ! hélas ! la vérité. Je suis en disgrâce complète pour avoir volé une bouteille.

MAÎTRE BRIDAINE. – Que parlez-vous, messire, de bouteilles volées à propos d'une luzerne et d'une correspondance ?

MAÎTRE BLAZIUS. – Je vous supplie de plaider ma cause. Je suis honnête, seigneur Bridaine. Ô digne seigneur Bridaine, je suis votre serviteur !

MAÎTRE BRIDAINE, *à part*. – Ô fortune[3] ! est-ce un rêve ? Je serai donc assis sur toi, ô chaise bienheureuse[4] !

MAÎTRE BLAZIUS. – Je vous serai reconnaissant d'écouter mon histoire et de vouloir bien m'excuser, brave seigneur, cher curé.

1. **Gris** : saoul.
2. **Intercédez pour moi** : intervenez en ma faveur.
3. **Fortune** : hasard favorable.
4. **Chaise bienheureuse** : chaise sur laquelle je serai bienheureux (hypallage).

MAÎTRE BRIDAINE. – Cela m'est impossible, monsieur ; il est midi sonné, et je m'en vais dîner. Si le baron se plaint de vous, c'est votre affaire. Je n'intercède point pour un ivrogne. *(À part.)* Vite, volons à la grille ; et toi, mon ventre, arrondis-toi.

Il sort en courant.

MAÎTRE BLAZIUS, *seul*. – Misérable Pluche, c'est toi qui payeras pour tous ; oui, c'est toi qui es la cause de ma ruine, femme éhontée[1], vile entremetteuse[2], c'est à toi que je dois cette disgrâce. Ô sainte Université de Paris ! on me traite d'ivrogne ! Je suis perdu si je ne saisis une lettre, et si je ne prouve au baron que sa nièce a une correspondance. Je l'ai vue ce matin écrire à son bureau. Patience ! voici du nouveau. *(Passe dame Pluche portant une lettre.)* Pluche, donnez-moi cette lettre.

DAME PLUCHE. – Que signifie cela ? C'est une lettre de ma maîtresse que je vais mettre à la poste au village.

MAÎTRE BLAZIUS. – Donnez-la-moi, ou vous êtes morte.

DAME PLUCHE. – Moi, morte ! morte ! Marie, Jésus, vierge et martyre !

MAÎTRE BLAZIUS. – Oui, morte, Pluche ; donnez-moi ce papier.

Ils se battent. Entre Perdican.

PERDICAN. – Qu'y a-t-il ? Que faites-vous, Blazius ? Pourquoi violenter[3] cette femme ?

DAME PLUCHE. – Rendez-moi la lettre. Il me l'a prise, seigneur, justice !

MAÎTRE BLAZIUS. – C'est une entremetteuse, seigneur. Cette lettre est un billet doux[4].

1. **Éhontée** : sans honte.
2. **Vile entremetteuse** : infâme maquerelle.
3. **Violenter** : brutaliser.
4. **Billet doux** : message destiné à un amant.

DAME PLUCHE. – C'est une lettre de Camille, seigneur, de votre fiancée.

MAÎTRE BLAZIUS. – C'est un billet doux à un gardeur de dindons.

DAME PLUCHE. – Tu en as menti[1], abbé. Apprends cela de moi.

PERDICAN. – Donnez-moi cette lettre ; je ne comprends rien à votre dispute ; mais, en qualité de fiancé de Camille, je m'arroge le droit de la lire. *(Il lit.)* « À la sœur Louise, au couvent de ***. » *(À part.)* Quelle maudite curiosité me saisit malgré moi ! Mon cœur bat avec force, et je ne sais ce que j'éprouve. – Retirez-vous, dame Pluche ; vous êtes une digne femme et maître Blazius est un sot. Allez dîner ; je me charge de remettre cette lettre à la poste.

Sortent maître Blazius et dame Pluche.

PERDICAN, *seul.* – Que ce soit un crime d'ouvrir une lettre, je le sais trop bien pour le faire. Que peut dire Camille à cette sœur ? Suis-je donc amoureux ? Quel empire[2] a donc pris sur moi cette singulière[3] fille, pour que les trois mots écrits sur cette adresse me fassent trembler la main ? Cela est singulier ; Blazius, en se débattant avec la dame Pluche, a fait sauter le cachet. Est-ce un crime de rompre le pli[4] ? Bon, je n'y changerai rien. *(Il ouvre la lettre et lit.)*

« Je pars aujourd'hui, ma chère, et tout est arrivé comme je l'avais prévu. C'est une terrible chose ; mais ce pauvre jeune homme a le poignard dans le cœur ; il ne se consolera pas de m'avoir perdue. Cependant j'ai fait tout au monde pour le dégoûter de moi. Dieu me pardonnera de l'avoir réduit au

1. **Tu en as menti** : tu mens (tu dis là un mensonge).
2. **Empire** : ascendant, influence.
3. **Singulière** : bizarre.
4. **De rompre le pli** : de déplier la lettre (étant donné que le cachet de cire qui la scellait a déjà été brisé par Blazius...).

désespoir par mon refus. Hélas ! ma chère, que pouvais-je y faire ? Priez pour moi ; nous nous reverrons demain, et pour toujours. Toute à vous du meilleur de mon âme.

CAMILLE. »

Est-il possible ? Camille écrit cela ? C'est de moi qu'elle parle ainsi ! Moi au désespoir de son refus ! Eh ! bon Dieu ! si cela était vrai, on le verrait bien ; quelle honte peut-il y avoir à aimer ? Elle a fait tout au monde pour me dégoûter, dit-elle, et j'ai le poignard dans le cœur ? Quel intérêt peut-elle avoir à inventer un roman pareil ? Cette pensée que j'avais cette nuit est-elle donc vraie ? Ô femmes ! Cette pauvre Camille a peut-être une grande piété ! c'est de bon cœur qu'elle se donne à Dieu, mais elle a résolu et décrété qu'elle me laisserait au désespoir. Cela était convenu entre les bonnes amies avant de partir du couvent. On a décidé que Camille allait revoir son cousin, qu'on voudrait le lui faire épouser, qu'elle refuserait, et que le cousin serait désolé. Cela est si intéressant, une jeune fille qui fait à Dieu le sacrifice du bonheur d'un cousin ! Non, non, Camille, je ne t'aime pas, je ne suis pas au désespoir, je n'ai pas le poignard dans le cœur, et je te le prouverai. Oui, tu sauras que j'en aime une autre avant de partir d'ici. Holà ! brave homme ! *(Entre un paysan.)* Allez au château ; dites à la cuisine qu'on envoie un valet porter à mademoiselle Camille le billet que voici.

Il écrit.

LE PAYSAN. – Oui, monseigneur.

Il sort.

PERDICAN. – Maintenant à l'autre. Ah ! je suis au désespoir ! Holà ! Rosette, Rosette !

Il frappe à une porte.

ROSETTE, *ouvrant.* – C'est vous, monseigneur ! Entrez, ma mère y est.

PERDICAN. – Mets ton plus beau bonnet, Rosette, et viens avec moi.

ROSETTE. – Où donc ?

PERDICAN. – Je te le dirai ; demande la permission à ta mère, mais dépêche-toi.

ROSETTE. – Oui, monseigneur.

Elle entre dans la maison.

PERDICAN. – J'ai demandé un nouveau rendez-vous à Camille, et je suis sûr qu'elle y viendra ; mais, par le ciel, elle n'y trouvera pas ce qu'elle compte y trouver. Je veux faire la cour à Rosette devant Camille elle-même.

SCÈNE 3 – CAMILLE, PERDICAN, ROSETTE, UN PAYSAN

Le petit bois.

Entrent Camille et le paysan.

LE PAYSAN. – Mademoiselle, je vais au château porter une lettre pour vous ; faut-il que je vous la donne ou que je la remette à la cuisine, comme me l'a dit le seigneur Perdican ?

CAMILLE. – Donne-la-moi.

LE PAYSAN. – Si vous aimez mieux que je la porte au château, ce n'est pas la peine de m'attarder ?

CAMILLE. – Je te dis de me la donner.

LE PAYSAN. – Ce qui vous plaira.

Il donne la lettre.

CAMILLE. – Tiens, voilà pour ta peine.

LE PAYSAN. – Grand merci ; je m'en vais, n'est-ce pas ?

CAMILLE. – Si tu veux.

On ne badine pas avec l'amour *d'Alfred de Musset, gravure de Brugnot et H. Baron.*

LE PAYSAN. – Je m'en vais, je m'en vais.

Il sort.

CAMILLE, *lisant.* – Perdican me demande de lui dire adieu, avant de partir, près de la petite fontaine où je l'ai fait venir hier. Que peut-il avoir à me dire ? Voilà justement la fontaine, et je suis toute portée[1]. Dois-je accorder ce second rendez-vous ? Ah ! *(Elle se cache derrière un arbre.)* Voilà Perdican qui approche avec Rosette, ma sœur de lait. Je suppose qu'il va la quitter ; je suis bien aise de ne pas avoir l'air d'arriver la première.

Entrent Perdican et Rosette qui s'assoient.

CAMILLE, *cachée, à part.* – Que veut dire cela ? Il la fait asseoir près de lui ? Me demande-t-il un rendez-vous pour y venir causer avec une autre ? Je suis curieuse de savoir ce qu'il lui dit.

PERDICAN, *à haute voix, de manière que Camille l'entende.* – Je t'aime, Rosette ! toi seule au monde, tu n'as rien oublié de nos beaux jours passés ; toi seule, tu te souviens de la vie qui n'est plus ; prends ta part de ma vie nouvelle ; donne-moi ton cœur, chère enfant ; voilà le gage de notre amour.

Il lui pose sa chaîne sur le cou.

ROSETTE. – Vous me donnez votre chaîne d'or ?

PERDICAN. – Regarde à présent cette bague. Lève-toi et approchons-nous de cette fontaine. Nous vois-tu tous les deux, dans la source, appuyés l'un sur l'autre ? Vois-tu tes beaux yeux près des miens, ta main dans la mienne ? Regarde tout cela s'effacer. *(Il jette sa bague dans l'eau.)* Regarde comme notre image a disparu ; la voilà qui revient peu à peu ; l'eau qui s'était troublée reprend son équilibre ; elle tremble encore ; de grands cercles noirs courent à sa surface ; patience, nous reparaissons ; déjà je distingue de nouveau tes bras enlacés

1. **Toute portée** : déjà sur place, déjà arrivée.

dans les miens ; encore une minute, et il n'y aura plus une ride sur ton joli visage ; regarde ! c'était une bague que m'avait donnée Camille.

CAMILLE, *à part*. – Il a jeté ma bague dans l'eau !

PERDICAN. – Sais-tu ce que c'est que l'amour●, Rosette ? Écoute ! le vent se tait ; la pluie du matin roule en perles sur les feuilles séchées que le soleil ranime. Par la lumière du ciel, par le soleil que voilà, je t'aime ! Tu veux bien de moi, n'est-ce pas ? On n'a pas flétri ta jeunesse ; on n'a pas infiltré dans ton sang vermeil les restes d'un sang affadi ? Tu ne veux pas te faire religieuse ; te voilà jeune et belle dans les bras d'un jeune homme. Ô Rosette, Rosette ! sais-tu ce que c'est que l'amour ?

ROSETTE. – Hélas ! monsieur le docteur, je vous aimerai comme je pourrai.

PERDICAN. – Oui, comme tu pourras ; et tu m'aimeras mieux, tout docteur que je suis et toute paysanne que tu es, que ces pâles statues, fabriquées par les nonnes, qui ont la tête à la place du cœur, et qui sortent des cloîtres pour venir répandre dans la vie l'atmosphère humide de leurs cellules ; tu ne sais rien ; tu ne lirais pas dans un livre la prière que ta mère t'apprend, comme elle l'a apprise de sa mère ; tu ne comprends même pas le sens des paroles que tu répètes, quand tu t'agenouilles au pied de ton lit ; mais tu comprends bien que tu pries, et c'est tout ce qu'il faut à Dieu.

● **Il est fort difficile de savoir la position exacte de Perdican par rapport à l'amour. Est-il en fait amoureux de Rosette (déclaration directe), de Camille (déclaration indirecte), de lui-même (plaisir narcissique de dominer simultanément deux soupirantes), du théâtre (jubilation de manipuler et tenir en haleine deux types de publics à la fois), de l'amour (célébration du sentiment amoureux) ?**

ROSETTE. – Comme vous me parlez, monseigneur !

PERDICAN. – Tu ne sais pas lire ; mais tu sais ce que disent ces bois et ces prairies, ces tièdes rivières, ces beaux champs couverts de moissons, toute cette nature splendide de jeunesse. Tu reconnais tous ces milliers de frères, et moi pour l'un d'entre eux ; lève-toi, tu seras ma femme, et nous prendrons racine ensemble dans la sève du monde tout-puissant.

Il sort avec Rosette.

SCÈNE 4 – LE CHŒUR, DAME PLUCHE, CAMILLE

Entre le chœur.

LE CHŒUR. – Il se passe assurément quelque chose d'étrange au château ; Camille a refusé d'épouser Perdican ; elle doit retourner aujourd'hui au couvent dont[1] elle est venue. Mais je crois que le seigneur son cousin s'est consolé avec Rosette. Hélas ! la pauvre fille ne sait pas quel danger elle court en écoutant les discours d'un jeune et galant seigneur.

DAME PLUCHE, *entrant*. – Vite, vite, qu'on selle mon âne !

LE CHŒUR. – Passerez-vous comme un songe léger, ô vénérable dame ! Allez-vous si promptement enfourcher derechef[2] cette pauvre bête qui est si triste de vous porter ?

DAME PLUCHE. – Dieu merci, chère canaille, je ne mourrai pas ici.

LE CHŒUR. – Mourez au loin, Pluche, ma mie ; mourez inconnue dans un caveau[3] malsain. Nous ferons des vœux pour votre respectable résurrection.

1. **Dont** : d'où.
2. **Derechef** : de nouveau.
3. **Caveau** : tombeau.

DAME PLUCHE. – Voici ma maîtresse qui s'avance. *(À Camille qui entre.)* Chère Camille, tout est prêt pour notre départ ; le baron a rendu ses comptes, et mon âne est bâté[1].

CAMILLE. – Allez au diable, vous et votre âne ! je ne partirai pas aujourd'hui.

Elle sort.

LE CHŒUR. – Que veut dire ceci ? Dame Pluche est pâle de terreur, ses faux cheveux tentent de se hérisser, sa poitrine siffle avec force et ses doigts s'allongent en se crispant.

DAME PLUCHE. – Seigneur Jésus ! Camille a juré[2] !

Elle sort.

SCÈNE 5 – MAÎTRE BRIDAINE, LE BARON

Entrent le baron et maître Bridaine.

MAÎTRE BRIDAINE. – Seigneur, il faut que je vous parle en particulier. Votre fils fait la cour à une fille du village.

LE BARON. – C'est absurde, mon ami.

MAÎTRE BRIDAINE. – Je l'ai vu distinctement passer dans la bruyère en lui donnant le bras ; il se penchait à son oreille et lui promettait de l'épouser.

LE BARON. – Cela est monstrueux.

MAÎTRE BRIDAINE. – Soyez-en convaincu ; il lui a fait un présent considérable, que la petite a montré à sa mère.

LE BARON. – Ô ciel ! considérable, Bridaine ? En quoi considérable ?

MAÎTRE BRIDAINE. – Pour le poids et pour la conséquence. C'est la chaîne d'or qu'il portait à son bonnet.

1. **Bâté** : sellé.
2. **Jurer** : blasphémer (outrager Dieu en évoquant le diable).

LE BARON. – Passons dans mon cabinet ; je ne sais à quoi m'en tenir[1].

Ils sortent.

SCÈNE 6 – CAMILLE, DAME PLUCHE, ROSETTE, PERDICAN

La chambre de Camille.

Entrent Camille et dame Pluche.

CAMILLE. – Il a pris ma lettre, dites-vous ?

DAME PLUCHE. – Oui, mon enfant ; il s'est chargé de la mettre à la poste.

CAMILLE. – Allez au salon, dame Pluche, et faites-moi le plaisir de dire à Perdican que je l'attends ici. *(Dame Pluche sort.)* Il a lu ma lettre, cela est certain ; sa scène du bois est une vengeance, comme son amour pour Rosette. Il a voulu me prouver qu'il en aimait une autre que moi, et jouer l'indifférent malgré son dépit. Est-ce qu'il m'aimerait, par hasard ? *(Elle lève la tapisserie.)* Es-tu là, Rosette ?

ROSETTE, *entrant*. – Oui ; puis-je entrer ?

CAMILLE. – Écoute-moi, mon enfant ; le seigneur Perdican ne te fait-il pas la cour ?

ROSETTE. – Hélas ! oui.

CAMILLE. – Que penses-tu donc de ce qu'il t'a dit ce matin ?

ROSETTE. – Ce matin ? Où donc ?

CAMILLE. – Ne fais pas l'hypocrite. – Ce matin, à la fontaine, dans le petit bois.

ROSETTE. – Vous m'avez donc vue ?

1. **Je ne sais à quoi m'en tenir** : je ne sais quoi penser.

CAMILLE. – Pauvre innocente ! Non, je ne t'ai pas vue. Il t'a fait de beaux discours, n'est-ce pas ? Gageons[1] qu'il t'a promis de t'épouser.

ROSETTE. – Comment le savez-vous ?

CAMILLE. – Qu'importe comment je le sais ? Crois-tu à ses promesses, Rosette ?

ROSETTE. – Comment n'y croirais-je pas ? il me tromperait donc ? Pour quoi faire ?

CAMILLE. – Perdican ne t'épousera pas, mon enfant.

ROSETTE. – Hélas ! je n'en sais rien.

CAMILLE. – Tu l'aimes, pauvre fille ; il ne t'épousera pas, et la preuve, je vais te la donner ; rentre derrière ce rideau, tu n'auras qu'à prêter l'oreille et à venir quand je t'appellerai.

Rosette sort.

CAMILLE, *seule.* – Moi qui croyais faire un acte de vengeance, ferais-je un acte d'humanité ? La pauvre fille a le cœur pris. *(Entre Perdican.)* Bonjour, cousin, asseyez-vous.

PERDICAN. – Quelle toilette, Camille ! À qui en voulez-vous ?

CAMILLE. – À vous, peut-être ; je suis fâchée de n'avoir pu me rendre au rendez-vous que vous m'avez demandé ; vous aviez quelque chose à me dire ?

PERDICAN, *à part.* – Voilà, sur ma vie, un petit mensonge assez gros pour un agneau sans tache ; je l'ai vue derrière un arbre écouter la conversation. *(Haut.)* Je n'ai rien à vous dire qu'un adieu, Camille ; je croyais que vous partiez ; cependant votre cheval est à l'écurie, et vous n'avez pas l'air d'être en robe de voyage.

CAMILLE. – J'aime la discussion ; je ne suis pas bien sûre de ne pas avoir eu envie de me quereller encore avec vous.

1. **Gageons** : parions.

PERDICAN. – À quoi sert de se quereller, quand le raccommodement est impossible ? Le plaisir des disputes, c'est de faire la paix.

CAMILLE. – Êtes-vous convaincu que je ne veuille pas la faire ?

PERDICAN. – Ne raillez pas ; je ne suis pas de force à vous répondre.

CAMILLE. – Je voudrais qu'on me fît la cour ; je ne sais si c'est que j'ai une robe neuve, mais j'ai envie de m'amuser. Vous m'avez proposé d'aller au village, allons-y, je veux bien ; mettons-nous en[1] bateau ; j'ai envie d'aller dîner sur l'herbe, ou de faire une promenade dans la forêt. Fera-t-il clair de lune, ce soir ? Cela est singulier, vous n'avez plus au doigt la bague que je vous ai donnée.

PERDICAN. – Je l'ai perdue.

CAMILLE. – C'est pour cela que je l'ai trouvée ; tenez, Perdican, la voilà.

PERDICAN. – Est-ce possible ? Où l'avez-vous trouvée ?

CAMILLE. – Vous regardez si mes mains sont mouillées, n'est-ce pas ? En vérité, j'ai gâté ma robe de couvent pour retirer ce petit hochet[2] d'enfant de la fontaine. Voilà pourquoi j'en ai mis une autre, et, je vous dis, cela m'a changée ; mettez donc cela à votre doigt.

PERDICAN. – Tu as retiré cette bague de l'eau, Camille, au risque de te précipiter[3] ? Est-ce un songe ? La voilà ; c'est toi qui me la mets au doigt ! Ah ! Camille, pourquoi me le rends-tu, ce triste gage[4] d'un bonheur qui n'est plus ? Parle, coquette et imprudente fille, pourquoi pars-tu ? pourquoi restes-tu ? Pourquoi, d'une heure à l'autre, changes-tu d'apparence et de

1. **Mettons-nous en** : montons sur.
2. **Hochet** : jouet.
3. **Te précipiter** : tomber dans l'eau la tête en avant.
4. **Gage** : témoignage d'amour.

couleur, comme la pierre de cette bague à chaque rayon du soleil ?

CAMILLE. – Connaissez-vous le cœur des femmes, Perdican ? Êtes-vous sûr de leur inconstance, et savez-vous si elles changent réellement de pensée en changeant quelquefois de langage ? Il y en a qui disent que non. Sans doute, il nous faut souvent jouer un rôle, souvent mentir ; vous voyez que je suis franche ; mais êtes-vous sûr que tout mente dans une femme, lorsque sa langue ment ? Avez-vous bien réfléchi à la nature de cet être faible et violent, à la rigueur avec laquelle on le juge, aux principes qu'on lui impose ? Et qui sait si, forcée à tromper par le monde, la tête de ce petit être sans cervelle ne peut pas y prendre plaisir et mentir quelquefois par passe-temps, par folie, comme elle ment par nécessité ?

PERDICAN. – Je n'entends rien[1] à tout cela, et je ne mens jamais. Je t'aime Camille, voilà tout ce que je sais.

CAMILLE. – Vous dites que vous m'aimez, et vous ne mentez jamais.

PERDICAN. – Jamais.

CAMILLE. – En voilà une qui dit pourtant que cela vous arrive quelquefois. *(Elle lève la tapisserie ; Rosette paraît au fond évanouie sur une chaise.)* Que répondrez-vous à cette enfant, Perdican, lorsqu'elle vous demandera compte de vos paroles ? Si vous ne mentez jamais, d'où vient donc qu'elle s'est évanouie en vous entendant dire que vous m'aimez ? Je vous laisse avec elle ; tâchez de la faire revenir.

Elle veut sortir.

PERDICAN. – Un instant, Camille, écoute-moi.

1. **Je n'entends rien** : je ne comprends rien.

CAMILLE. – Que voulez-vous me dire ? c'est à Rosette qu'il faut parler. Je ne vous aime pas, moi ; je n'ai pas été chercher par dépit[1] cette malheureuse enfant au fond de sa chaumière, pour en faire un appât, un jouet ; je n'ai pas répété imprudemment devant elle des paroles brûlantes adressées à une autre ; je n'ai pas feint de jeter au vent pour elle le souvenir d'une amitié chérie ; je ne lui ai pas mis ma chaîne au cou ; je ne lui ai pas dit que je l'épouserais.

PERDICAN. – Écoute-moi, écoute-moi !

CAMILLE. – N'as-tu pas souri tout à l'heure quand je t'ai dit que je n'avais pu aller à la fontaine ? Eh bien ! oui, j'y étais et j'ai tout entendu ; mais, Dieu m'en est témoin, je ne voudrais pas y avoir parlé comme toi. Que feras-tu de cette fille-là, maintenant, quand elle viendra, avec tes baisers ardents sur les lèvres, te montrer en pleurant la blessure que tu lui as faite ? Tu as voulu te venger de moi, n'est-ce pas, et me punir d'une lettre écrite à mon couvent ? tu as voulu me lancer à tout prix quelque trait[2] qui pût m'atteindre, et tu comptais pour rien que ta flèche empoisonnée traversât cette enfant, pourvu qu'elle me frappât derrière elle. Je m'étais vantée de t'avoir inspiré quelque amour, de te laisser quelque regret. Cela t'a blessé dans ton noble orgueil ? Eh bien ! apprends-le de moi, tu m'aimes, entends-tu ; mais tu épouseras cette fille, ou tu n'es qu'un lâche !

PERDICAN. – Oui, je l'épouserai.

CAMILLE. – Et tu feras bien.

PERDICAN. – Très bien, et beaucoup mieux qu'en t'épousant toi-même. Qu'y a-t-il, Camille, qui t'échauffe si fort[3] ? cette enfant

1. **Dépit** : rancœur, rancune.
2. **Trait** : mot blessant, pique.
3. **T'échauffe si fort** : t'énerve tellement.

s'est évanouie ; nous la ferons bien revenir, il ne faut pour cela qu'un flacon de vinaigre[1] ; tu as voulu me prouver que j'avais menti une fois dans ma vie ; cela est possible, mais je te trouve hardie[2] de décider à quel instant. Viens, aide-moi à secourir Rosette.

Ils sortent.

SCÈNE 7 – CAMILLE, LE BARON, ROSETTE, PERDICAN

Entrent le baron et Camille.

LE BARON. – Si cela se fait, je deviendrai fou.

CAMILLE. – Employez votre autorité.

LE BARON. – Je deviendrai fou, et je refuserai mon consentement, voilà qui est certain.

CAMILLE. – Vous devriez lui parler et lui faire entendre raison.

LE BARON. – Cela me jettera dans le désespoir pour tout le carnaval, et je ne paraîtrai pas une fois à la cour. C'est un mariage disproportionné. Jamais on n'a entendu parler d'épouser la sœur de lait de sa cousine ; cela passe toute espèce de bornes.

CAMILLE. – Faites-le appeler, et dites-lui nettement que ce mariage vous déplaît. Croyez-moi, c'est une folie, et il ne résistera pas.

LE BARON. – Je serai vêtu de noir cet hiver, tenez-le pour assuré.

CAMILLE. – Mais parlez-lui, au nom du ciel ! C'est un coup de tête qu'il fait ; peut-être n'est-il déjà plus temps ; s'il en a parlé, il le fera.

1. **Nous la ferons bien revenir, il ne faut pour cela qu'un flacon de vinaigre** : nous la ranimerons facilement, il suffit de lui faire respirer une petite bouteille de vinaigre médicinal.
2. **Hardie** : présomptueuse.

LE BARON. – Je vais m'enfermer pour m'abandonner à ma douleur. Dites-lui, s'il me demande, que je suis enfermé, et que je m'abandonne à ma douleur de le voir épouser une fille sans nom[1].

Il sort.

CAMILLE. – Ne trouverai-je pas ici un homme de cœur[2] ? En vérité, quand on en cherche, on est effrayé de sa solitude. *(Entre Perdican.)* Eh bien ? cousin, à quand le mariage ?

PERDICAN. – Le plus tôt possible ; j'ai déjà parlé au notaire, au curé et à tous les paysans.

CAMILLE. – Vous comptez donc réellement que vous épouserez Rosette ?

PERDICAN. – Assurément.

CAMILLE. – Qu'en dira votre père ?

PERDICAN. – Tout ce qu'il voudra ; il me plaît d'épouser cette fille : c'est une idée que je vous dois, et je m'y tiens. Faut-il vous répéter les lieux communs les plus rebattus sur sa naissance et sur la mienne ? Elle est jeune et jolie, et elle m'aime ; c'est plus qu'il n'en faut pour être trois fois heureux. Qu'elle ait de l'esprit ou qu'elle n'en ait pas, j'aurais pu trouver pire. On criera, on raillera ; je m'en lave les mains.

CAMILLE. – Il n'y a rien là de risible ; vous faites très bien de l'épouser. Mais je suis fâchée pour vous d'une chose : c'est qu'on dira que vous l'avez fait par dépit.

PERDICAN. – Vous êtes fâchée de cela ? Oh ! que non.

CAMILLE. – Si, j'en suis vraiment fâchée pour vous. Cela fait du tort à un jeune homme de ne pouvoir résister à un moment de dépit.

1. **Sans nom** : qui n'est pas de naissance noble.
2. **De cœur** : courageux.

PERDICAN. – Soyez-en donc fâchée ; quant à moi, cela m'est bien égal.

CAMILLE. – Mais vous n'y pensez pas ; c'est une fille de rien.

PERDICAN. – Elle sera donc de[1] quelque chose, lorsqu'elle sera ma femme.

CAMILLE. – Elle vous ennuiera avant que le notaire ait mis son habit neuf et ses souliers pour venir ici ; le cœur vous lèvera[2] au repas de noces, et le soir de la fête vous lui ferez couper les mains et les pieds, comme dans les contes arabes, parce qu'elle sentira le ragoût.

PERDICAN. – Vous verrez que non. Vous ne me connaissez pas ; quand une femme est douce et sensible, fraîche, bonne et belle, je suis capable de me contenter de cela, oui, en vérité, jusqu'à ne pas me soucier de savoir si elle parle latin.

CAMILLE. – Il est à regretter qu'on ait dépensé tant d'argent pour vous l'apprendre ; c'est trois mille écus de perdus.

PERDICAN. – Oui ; on aurait mieux fait de les donner aux pauvres.

CAMILLE. – Ce sera vous qui vous en chargerez, du moins pour les pauvres d'esprit[3].

PERDICAN. – Et ils me donneront en échange le royaume des cieux, car il est à eux.

1. **De** : la préposition est employée ici comme particule nobiliaire.
2. **Le cœur vous lèvera** : vous aurez la nausée.
3. **Les pauvres d'esprit** : les faibles d'esprit, les imbéciles.

Dans le conte des *Mille et une nuits* intitulé « Histoire racontée par le pourvoyeur du sultan de Gascar », le fournisseur du sultan raconte comment, la nuit de noces, sa jeune épouse lui sectionna au rasoir les quatre pouces parce qu'il sentait fort le ragoût à l'ail.

Allusion aux paroles de Jésus : « Heureux les pauvres en esprit, car le Royaume des cieux est à eux. » (*Évangile selon Saint Mathieu*, V, 3).

CAMILLE. – Combien de temps durera cette plaisanterie ?

PERDICAN. – Quelle plaisanterie ?

CAMILLE. – Votre mariage avec Rosette.

PERDICAN. – Bien peu de temps ; Dieu n'a pas fait de l'homme une œuvre de durée : trente ou quarante ans, tout au plus.

CAMILLE. – Je suis curieuse de danser à vos noces !

PERDICAN. – Écoutez-moi, Camille, voilà un ton de persiflage[1] qui est hors de propos.

CAMILLE. – Il me plaît trop pour que je le quitte.

PERDICAN. – Je vous quitte donc vous-même, car j'en ai tout à l'heure[2] assez.

CAMILLE. – Allez-vous chez votre épousée ?

PERDICAN. – Oui, j'y vais de ce pas.

CAMILLE. – Donnez-moi donc le bras, j'y vais aussi.

Entre Rosette.

PERDICAN. – Te voilà mon enfant ! Viens, je veux te présenter à mon père.

ROSETTE, *se mettant à genoux.* – Monseigneur, je viens vous demander une grâce. Tous les gens du village à qui j'ai parlé ce matin m'ont dit que vous aimiez votre cousine, et que vous ne m'avez fait la cour que pour vous divertir tous deux ; on se moque de moi quand je passe, et je ne pourrai plus trouver de mari dans le pays, après avoir servi de risée à tout le monde. Permettez-moi de vous rendre le collier que vous m'avez donné et de vivre en paix chez ma mère.

CAMILLE. – Tu es une bonne fille, Rosette ; garde ce collier, c'est moi qui te le donne, et mon cousin prendra le mien à la place.

1. **Persiflage** : raillerie, moquerie.
2. **Tout à l'heure** : maintenant.

Quant à un mari, n'en sois pas embarrassée, je me charge de t'en trouver un.

PERDICAN. – Cela n'est pas difficile, en effet. Allons, Rosette, viens, que je te mène à mon père.

CAMILLE. – Pourquoi ? Cela est inutile.

PERDICAN. – Oui, vous avez raison, mon père nous recevrait mal ; il faut laisser passer le premier moment de surprise qu'il a éprouvée. Viens avec moi, nous retournerons sur la place. Je trouve plaisant qu'on dise que je ne t'aime pas quand je t'épouse. Pardieu ! nous les ferons bien taire.

Il sort avec Rosette.

CAMILLE. – Que se passe-t-il donc en moi ? Il l'emmène d'un air bien tranquille. Cela est singulier : il me semble que la tête me tourne. Est-ce qu'il l'épouserait tout de bon ? Holà ! dame Pluche, dame Pluche ! N'y a-t-il donc personne ici ? *(Entre un valet.)* Courez après le seigneur Perdican ; dites-lui vite qu'il remonte ici, j'ai à lui parler. *(Le valet sort.)* Mais qu'est-ce donc que tout cela ? Je n'en puis plus, mes pieds refusent de me soutenir.

Rentre Perdican.

PERDICAN. – Vous m'avez demandé, Camille ?

CAMILLE. – Non, – non.

PERDICAN. – En vérité, vous voilà pâle ; qu'avez-vous à me dire ? Vous m'avez fait rappeler pour me parler ?

CAMILLE. – Non, non ! – Ô Seigneur Dieu !

Elle sort.

SCÈNE 8 – CAMILLE, PERDICAN

Un oratoire●.

Entre Camille, elle se jette au pied de l'autel[1].

CAMILLE. – M'avez-vous abandonnée, ô mon Dieu ? Vous le savez, lorsque je suis venue, j'avais juré de vous être fidèle ; quand j'ai refusé de devenir l'épouse d'un autre que vous, j'ai cru parler sincèrement devant vous et ma conscience ; vous le savez, mon père ; ne voulez-vous donc plus de moi ? Oh ! pourquoi faites-vous mentir la vérité elle-même ? Pourquoi suis-je si faible ? Ah ! malheureuse, je ne puis plus prier !

Entre Perdican.

PERDICAN. – Orgueil ! le plus fatal des conseillers humains, qu'es-tu venu faire entre cette fille et moi ? La voilà pâle et effrayée, qui presse sur les dalles insensibles son cœur et son visage. Elle aurait pu m'aimer, et nous étions nés l'un pour l'autre ; qu'es-tu venu faire sur nos lèvres, orgueil, lorsque nos mains allaient se joindre ?

CAMILLE. – Qui m'a suivie ? Qui parle sous cette voûte ? Est-ce toi, Perdican ?

PERDICAN. – Insensés que nous sommes ! nous nous aimons. Quel songe avons-nous fait, Camille ? Quelles vaines paroles, quelles

1. **Autel** : table sacrée en pierre où l'on célèbre la messe.

● **Un oratoire est une toute petite chapelle (du latin *oratorium*, dérivé de *orare* « prier »). Elle se trouve ici dans le château. Ce lieu sacré est directement en rapport avec les divers serments faits par Camille et Perdican. Camille a confirmé durant l'acte II, scène 4, son vœu d'épouser Dieu ; de son côté, Perdican a juré solennellement lors de la scène 5 de l'acte III qu'il épouserait Rosette. Or c'est dans l'oratoire même, lieu saint des engagements, que les deux héros vont se parjurer : Camille rejette le voile (dévoile son cœur), Perdican refuse le mariage (désavoue ses propos). Inconséquents, ils bafouent brusquement l'amour de Dieu (Camille) et l'Amour-dieu (Perdican), l'amour divin et l'amour humain. De plus, ils entendent se débarrasser à bon compte de la vertueuse Rosette.**

misérables folies ont passé comme un vent funeste entre nous deux ? Lequel de nous a voulu tromper l'autre ? Hélas ! cette vie est elle-même un si pénible rêve ! pourquoi encore y mêler les nôtres ? Ô mon Dieu ! le bonheur est une perle si rare dans cet océan d'ici-bas ! Tu nous l'avais donné, pêcheur céleste, tu l'avais tiré pour nous des profondeurs de l'abîme, cet inestimable joyau ; et nous, comme des enfants gâtés que nous sommes, nous en avons fait un jouet. Le vert sentier qui nous amenait l'un vers l'autre avait une pente si douce, il était entouré de buissons si fleuris, il se perdait dans un si tranquille horizon ! il a bien fallu que la vanité, le bavardage et la colère vinssent jeter leurs rochers informes sur cette route céleste, qui nous aurait conduits à toi dans un baiser ! Il a bien fallu que nous nous fissions du mal, car nous sommes des hommes. Ô insensés ! nous nous aimons.

Il la prend dans ses bras.

CAMILLE. – Oui, nous nous aimons, Perdican ; laisse-moi le sentir sur ton cœur. Ce Dieu qui nous regarde ne s'en offensera pas ; il veut bien que je t'aime ; il y a quinze ans qu'il le sait.

PERDICAN. – Chère créature, tu es à moi !

Il l'embrasse ; on entend un grand cri derrière l'autel.

CAMILLE. – C'est la voix de ma sœur de lait.

PERDICAN. – Comment est-elle ici ? Je l'avais laissée dans l'escalier, lorsque tu m'as fait rappeler. Il faut donc qu'elle m'ait suivi sans que je m'en sois aperçu.

CAMILLE. – Entrons dans cette galerie ; c'est là qu'on a crié.

PERDICAN. – Je ne sais ce que j'éprouve ; il me semble que mes mains sont couvertes de sang.

CAMILLE. – La pauvre enfant nous a sans doute épiés ; elle s'est encore évanouie ; viens, portons-lui secours ; hélas ! tout cela est cruel.

PERDICAN. – Non, en vérité, je n'entrerai pas ; je sens un froid mortel qui me paralyse. Vas-y, Camille, et tâche de la ramener. *(Camille sort.)* Je vous en supplie, mon Dieu ! ne faites pas de moi un meurtrier ! Vous voyez ce qui se passe ; nous sommes deux enfants insensés, et nous avons joué avec la vie et la mort ; mais notre cœur est pur ; ne tuez pas Rosette, Dieu juste ! Je lui trouverai un mari, je réparerai ma faute ; elle est jeune, elle sera heureuse ; ne faites pas cela, ô Dieu ! vous pouvez bénir encore quatre de vos enfants. Eh bien ! Camille, qu'y a-t-il ?

Camille rentre.

CAMILLE. – Elle est morte. Adieu, Perdican !

Alfred de Musset, *On ne badine pas avec l'amour*, 1834.

LE DOSSIER

On ne badine pas avec l'amour

Une comédie dramatique

REPÈRES

PARCOURS DE L'ŒUVRE

TEXTES ET IMAGES

Qu'est-ce qu'une comédie ?

***On ne badine pas avec l'amour* appartient à une catégorie de pièces de théâtre appelée « comédie » (du grec *kômos* : « fête en l'honneur de Dionysos », dieu du vin chez les Grecs). Le genre de la comédie* est né en Grèce, aux alentours du VIe siècle avant J.-C., et a perduré jusqu'à aujourd'hui.**

● LES CARACTÉRISTIQUES DE LA COMÉDIE TRADITIONNELLE

– Tirés de la vie courante, **les personnages*** sont de condition sociale moyenne ; l'un d'eux au moins a un vice de caractère évident (avarice, aveuglement amoureux, hypocrisie, orgueil) qui le met en conflit avec les autres et le ridiculise. Le but est d'amener ces personnages (et les spectateurs qui leur ressemblent) à mieux se connaître et à se corriger. Une comédie corrige les mœurs par le rire.

– **Le décor*** montre l'intérieur d'une demeure (unité de lieu).

– **L'époque** est contemporaine à celle de l'auteur ; les événements racontés durent au plus 24 heures (unité de temps).

– **L'action** se noue par un obstacle à un mariage. Elle est ponctuée de coups de théâtre (péripéties)*. Le dénouement* est toujours heureux : les jeunes premiers parviennent à se marier. La difficulté initiale est levée ou contournée ; la comédie cherche à dédramatiser voire désacraliser en représentant les valeurs, les êtres et les choses de façon ludique et comique.

Un genre protéiforme

Il existe de multiples variétés de comédies : comédie de mœurs (critique sociale), comédie de caractère (satire psychologique), comédie d'intrigue (péripéties incessantes), comédie sentimentale (égarements du cœur), comédie-proverbe (illustration d'une maxime morale), comédie dramatique (se terminant tristement), comédie romantique (privilégiant le lyrisme). On retrouve dans On ne badine pas avec l'amour *des éléments de tous ces sous-genres.*

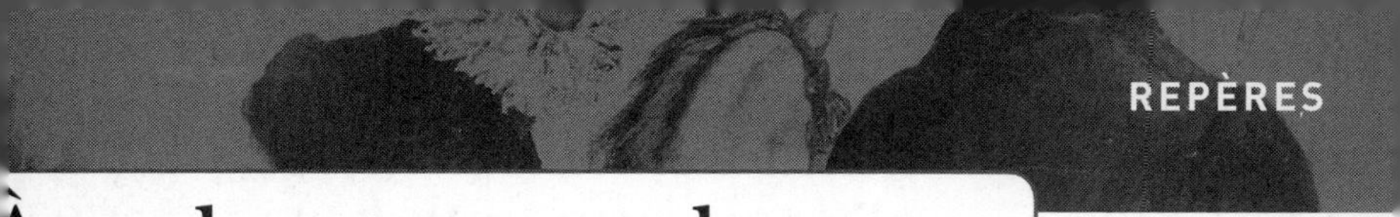

À quels autres grands genres théâtraux se réfère Musset ?

Depuis sa jeunesse (il a joué dans des pièces au collège), Musset adore le théâtre. Il connaît parfaitement le répertoire classique et emprunte, pour composer* On ne badine pas avec l'amour, *des éléments appartenant à d'autres genres : la farce, la tragédie* et le drame romantique.

● LES CARACTÉRISTIQUES DE LA FARCE (XVIe SIÈCLE)

Les personnages sont caricaturaux (le curé ivrogne, le valet rusé) et grossiers. Le lieu est un intérieur urbain. L'époque est celle de la vie quotidienne des spectateurs. L'action se noue par un conflit (entre mari et femme, entre client et vendeur), où chacun veut prendre le dessus. À grand renfort d'équivoques, de ruses, de mystifications, le dénouement* est le plus souvent joyeux : le trompeur est trompé et tout rentre dans l'ordre.

● LES CARACTÉRISTIQUES DE LA TRAGÉDIE (ANTIQUITÉ ET XVIIe SIÈCLE)

Les personnages* sont illustres (rois réels ou héros épiques) et fiers. Le lieu est un palais dans un pays lointain. L'époque est mythique. L'action se noue par un conflit intérieur (cœur/raison). Le dénouement est toujours funeste : le protagoniste meurt, piégé dans une situation sans issue et broyé par des forces célestes. Dans la tragédie grecque, l'action était commentée par un chœur qui a disparu dans la tragédie classique du XVIIe siècle.

● LES CARACTÉRISTIQUES DU DRAME ROMANTIQUE (XIXe SIÈCLE)

Les personnages sont des êtres déclassés et passionnés, sans unité psychologique. Les lieux sont multiples et contrastés (intérieur/extérieur). L'époque est historique mais limitée aux temps modernes. L'action se noue par un affrontement du héros avec le monde. Le dénouement est toujours pathétique : le protagoniste est brisé par les lois du monde. Le but est d'entremêler les registres comique et tragique pour mieux refléter le réel.

Qu'est-ce qu'un registre ?

On appelle « registre » un ensemble de moyens visant à exprimer ou faire partager une émotion : la joie, la souffrance, la colère, un sentiment intime, etc. Selon ses intentions, un auteur de théâtre peut alterner les registres ; ainsi, une comédie* peut ne pas être comique d'un bout à l'autre...

● LE REGISTRE COMIQUE

But : faire rire.
Procédés caractéristiques : le comique de gestes (personnages qui ont un comportement mécanique ou qui tombent ou qui se battent), le comique de mots (jeux de mots, manque de logique, parler populaire ou, à l'inverse, emploi d'une langue savante de façon inappropriée), le comique de caractère (personnage excessif dont l'aspect et la personnalité font rire, caricature de traits moraux), le comique de situation (quiproquo, déguisement, ruse, cachettes, situation complètement inattendue) ; on ajoute parfois à ces ressorts comiques traditionnels le comique de répétition (retour automatique et sans raison apparente d'un mot, d'une phrase, d'un geste, d'une situation) et le comique de décalage (inadéquation entre les paroles d'un personnage et son comportement).

Personnification de la commedia dell' arte, frontispice de « Masques et bouffons », 1860. ☞

LE REGISTRE PATHÉTIQUE

But : rendre triste, et même faire pleurer.
Procédés caractéristiques : champ lexical de la douleur, exagérations (hyperboles), images fortes (comparaisons et métaphores comportant l'idée de souffrance), fréquence des modalités interrogatives et exclamatives (pour impliquer le destinataire), récit d'événements malheureux (séparation, mort) où le destinataire s'identifie au personnage qui les subit.

LE REGISTRE POLÉMIQUE

But : discréditer un adversaire, l'attaquer.
Procédés caractéristiques : vocabulaire péjoratif (insultes), images dévalorisantes de l'autre, exagération (superlatifs, hyperboles), simplification (formule-choc résumant une thèse), utilisation de l'ironie visant à déstabiliser l'interlocuteur (en feignant d'adopter son point de vue)..
Contrairement à la comédie, la farce accepte la grossièreté, la grivoiserie, elle ne craint pas de choquer la bienséance, bien au contraire.

LE REGISTRE LYRIQUE

But : exprimer des sentiments personnels.
Procédés caractéristiques : nombreuses marques de subjectivité (l'énonciateur utilise souvent les pronoms de première personne), champ lexical de l'affectivité (synonymes du verbe « aimer ») et de la sincérité (promesses, serments), emploi d'apostrophes et d'interjections, recherche d'une musicalité du discours (jeux d'assonances et d'allitérations, constructions syntaxiques en parallélisme, rythmes binaires et ternaires proches de ceux de la poésie), modalités exclamatives et interrogatives. Les thèmes favoris de ce registre sont l'amour et le goût de la nature.

Étape 1 • Étudier la scène d'exposition

SUPPORT : Acte I, scène 1 (page 13)

OBJECTIF : Étudier la fonction et le fonctionnement de la scène d'exposition*.

As-tu bien lu ?

1 Sur quelle caractéristique physique de Blazius le chœur insiste-t-il au début de la scène ?

2 Qui est maître Blazius par rapport à Perdican ?
☐ son père ☐ son confesseur ☐ son professeur

3 Que sont Camille et Perdican l'un pour l'autre ?
☐ frère et sœur ☐ mari et femme ☐ cousin et cousine

4 Pourquoi Camille se trouvait-elle dans un couvent ?

5 Quel peut être approximativement l'âge de dame Pluche d'après ce que le chœur dit à son sujet ?

6 Quel rôle joue dame Pluche auprès de Camille ?

Une scène d'ouverture

7 Où se déroule cette scène ?

8 Quelles indications sont données sur la période de l'année ? Sur l'époque historique ?

9 Cette scène d'ouverture présente plusieurs personnages de différentes façons. Coche les cases qui conviennent.

	Personnage...		
	... présent sur scène	... nommé mais absent	... portraituré (décrit)
le chœur			
Blazius			
Perdican			
dame Pluche			
Camille			

Une scène très structurée

10 Quelles sont les deux parties de cette scène* ? Comment s'emboîtent les portraits dans chaque partie (tu peux faire un schéma) ?

11 Blazius correspond-il au portrait qu'en fait le chœur ? et dame Pluche ? Comment Blazius et dame Pluche se voient-ils l'un l'autre ?

12 Relève les ressemblances et les différences entre :
- Blazius et dame Pluche ;
- Perdican et Camille.

13 Quels renseignements sur l'action à venir sont fournis aux spectateurs ? Lesquels sont volontairement retardés ?

La langue et le style

14 Quelles sont les caractéristiques du style burlesque* dans les répliques du chœur ?

15 Quelles sont les caractéristiques du style héroï-comique* dans les répliques des personnages grotesques (maître Blazius et dame Pluche) ?

Faire le bilan

16 Quelles informations sont exposées dans cette scène ? À quel principe de construction répond-elle ?

À toi de jouer

17 Au CDI, recherche la définition et la fonction du « chœur » dans le théâtre antique. Quelle est ici sa particularité ?

18 Dans l'Antiquité, les comédiens* portaient des masques. Au CDI, cherche des images de masques antiques et dessine un masque qui te paraîtrait adapté pour maître Blazius ou pour dame Pluche. Rédige ensuite la description de ce masque.

Étape 2 • Observer une scène comique

SUPPORT : Acte I, scène 5 (page 30)

OBJECTIF : Étudier les différents procédés comiques.

As-tu bien lu ?

1 À quel groupe appartiennent les personnages* de cette scène* ?
☐ au quatuor des personnages sensibles et sérieux
☐ au quatuor des personnages grotesques et sans cœur

2 Quelles sont les deux parties de cette scène ? Pourquoi les deux abbés viennent-ils l'un après l'autre trouver le baron ?

3 Les trois personnages passent leur temps à espionner et s'espionner. À quoi le voit-on ?

4 Pourquoi le baron finit-il par se mettre en colère ?
☐ Il se rend compte que le curé est un délateur.
☐ Il aperçoit son fils qui se promène en compagnie d'une paysanne.
☐ Il apprend que son fils préfère s'amuser plutôt que d'étudier.

Un monde grotesque et carnavalesque

5 Les agissements du gouverneur (Blazius), du curé (Bridaine), du maître (le baron) et de son héritier (Perdican) sont-ils en accord avec leur statut social ? Explique pourquoi on se croirait dans un « monde à l'envers ».

6 En quoi les comportements des personnages présents ou évoqués dans cette scène paraissent-ils bizarres ?

7 Quels sont, aux yeux du baron, les signes d'un désordre généralisé (d'après sa dernière réplique) ?

8 Quels sont les traits de caractère dominants des trois personnages présents dans cette scène ? Coche les cases qui conviennent dans le tableau page 89.

	Les abbés	Le baron
L'ivrognerie		
La bêtise		
Le culte du protocole		
La vanité		
La lâcheté		
La bassesse		
L'égoïsme		

La langue et le style

9 Comment s'exprime, à travers le dialogue, le vide intérieur de ces trois personnages-marionnettes ?

Faire le bilan

10 Complète le tableau en relevant les procédés comiques utilisés dans cette scène. Tu peux citer des mots du texte ou utiliser tes propres mots...

Procédés comiques	chez les abbés	chez le baron
Comique de mots		
Comique de gestes		
Comique de caractère		
Comique de situation		

À toi de jouer

11 Choisis celui des trois personnages qui te fait le plus rire.
Étudie ses répliques*. Prépare-toi à les interpréter devant la classe.

12 Écris une courte scène (un sketch) où deux personnages semblent dialoguer mais parlent en fait sans presque jamais s'écouter.
Tu essaieras d'employer un maximum de procédés comiques.

Étape 3 • Analyser une scène de critique sociale

SUPPORT : Acte II, scène 4 (page 38)

OBJECTIF : Étudier la dénonciation de l'éducation morale.

As-tu bien lu ?

1 Dans quel état est Blazius dans cette scène* ?
☐ Il est mal réveillé. ☐ Il est ivre. ☐ Il est distrait.

2 De quelle scène Blazius a-t-il été témoin ?
☐ Perdican faisait la cour à une paysanne.
☐ Camille se mettait en colère contre dame Pluche.
☐ Camille et Perdican s'embrassaient près de la fontaine.

3 De qui dame Pluche parle-t-elle lorsqu'elle dit : « Il fait la cour aux filles du village, à des gardeuses de dindons » ?

4 De quoi Blazius accuse-t-il Camille ? Comment réagit le baron en entendant ces propos ?

5 Que craint le baron au sujet de sa nièce ?
☐ Qu'un autre homme que son fils tente de la séduire en lui envoyant des lettres.
☐ Qu'elle souhaite rester au couvent pour toujours.
☐ Qu'elle soit tombée amoureuse d'un paysan.

La dénonciation des conduites codifiées

6 Quelle scène de l'acte I semble ici se répéter ? Qui dénonce qui ? Pourquoi ?

7 À quelle scène de l'acte II Blazius fait-il référence dans son récit ? Retrouve le passage précis et relis-le ; le compte-rendu de Blazius est-il utile ? fidèle ?

8 Relève ce qui paraît anormal dans la conduite morale de Camille.

9 D'après cette scène, définis la conduite qu'une jeune fille bien élevée doit tenir en société.

10 Relis rapidement la scène 5 de l'acte I puis la fin de la scène 4 de l'acte II. Pourquoi le comportement de Perdican paraît-il si extravagant ?

La langue et le style

11 Retrouve quels types de procédés comiques (déjà rencontrés dans l'acte I) sont utilisés dans cette scène (voir Repères).

Type de procédés comiques	Éléments de la scène
	Accidents du langage, répétitions (« je veux dire »), tics, locution latine (« *hic jacet lepus* »), évocations incohérentes, conclusions fantaisistes, etc.
	La scène présente un être qui cherche à voir clair alors qu'il est ivre et un autre qui refuse de voir l'évidence alors qu'il est lucide.
	Les deux personnages sont bêtes (murés dans leurs préjugés) et méchants ; l'un est la caricature du pédant odieux, l'autre du nobliau vaniteux.
	Équilibre incertain, pantomime accompagnant les propos rapportés de dame Pluche et Camille, coups d'éventail, mimiques horrifiées du baron, etc.

12 Cette scène rassemble deux représentants de l'ordre : un prêtre/précepteur et un châtelain/homme d'État. Cependant, ces deux « gouverneurs » n'arrivent pas à communiquer et ne sont pas crédibles ; pourquoi ?

Faire le bilan

13 La satire est un « discours qui s'attaque à quelque chose, à quelqu'un, en s'en moquant » (Dictionnaire *Le Petit Robert*). De qui et de quoi se moque-t-on dans ce texte ?

À toi de jouer

14 Pourquoi le rôle de Blazius est-il délicat à interpréter dans cette scène ? Quels conseils donnerais-tu à un apprenti-comédien pour jouer ce personnage ?

15 Imagine le dialogue entre deux personnes âgées qui évoquent le fait que les adolescents d'aujourd'hui passent leur temps devant la télévision et/ou l'ordinateur. Rédige-le sous forme de dialogue théâtral, en imaginant des didascalies pour préciser les gestes, mimiques, déplacements des interlocuteurs.

Étape 4 • Observer une scène de duel

SUPPORT : Acte II, scène 5 (page 42)

OBJECTIF : Faire la critique de l'éducation sentimentale.

As-tu bien lu ?

1 Où se déroule la scène* ?

2 Quel geste de Camille étonne Perdican ? Pour quelle raison ?

3 Que vient annoncer Camille à Perdican ?
- ☐ Elle accepte de l'épouser.
- ☐ Elle souhaite épouser le Christ.
- ☐ Elle souhaite épouser un paysan rencontré dans le village.

4 Que craint Camille si elle se marie ?
- ☐ De ne plus aimer son mari au bout de quelque temps.
- ☐ De ne pas être éternellement aimée par son mari.
- ☐ De ne pas pouvoir épouser l'homme qu'elle aime.

5 Que reproche Camille à Perdican ?
- ☐ De ne pas croire à l'amour humain.
- ☐ De ne pas répondre à ses lettres.
- ☐ D'avoir eu de nombreuses amantes.

6 Quel conseil Camille vient-elle chercher auprès de Perdican ? Obtient-elle une réponse qui lui convient ?

Un duel de personnalités

7 Remets dans l'ordre les sujets traités dans chaque partie de ce long dialogue : (auto)biographie amoureuse de Perdican – éloge de l'amour humain – critique de l'amour divin – (auto)biographie amoureuse de Camille – critique de l'amour humain – explication de la froideur de Camille : choix du couvent – éloge de l'amour divin.

8 Camille a provoqué le dialogue et en garde le contrôle (qualitativement et quantitativement) pendant presque toute la scène. Pourtant, à deux reprises, Perdican prend l'ascendant. Retrouve ces deux passages.

9 Cette scène est un duel verbal, le registre polémique y est donc dominant. Mais les registres comique, pathétique et lyrique apparaissent dans trois passages. Retrouve-les (voir Repères).

Un débat passionné

10 Quelle conduite sentimentale des hommes Camille critique-t-elle ? Quelle conduite sentimentale des nonnes Perdican critique-t-il ?

11 Comment s'est faite l'éducation à l'amour de Camille ? Et celle de Perdican ? Te semblent-ils être des spécialistes en la matière ?

12 Quelle thèse sur l'amour Camille défend-elle ? Cite ses paroles. Essaie de reconstituer son raisonnement.

13 Quelle est la thèse défendue par Perdican ? Reformule-la. Essaie de reconstituer son raisonnement.

La langue et le style

14 Tente de lister les procédés rhétoriques* qui font de la dernière réplique de Perdican un chef-d'œuvre oratoire : quelle est la figure de style majeure ? Quelles sont les caractéristiques du registre polémique (il s'agit de vaincre Camille...) ? Quelles sont les caractéristiques du registre lyrique (il s'agit aussi de la séduire...) ?

Faire le bilan

15 Les deux personnages ont des avis bien tranchés sur la façon de se former à l'amour et de le vivre. Récapitule leurs opinions.

À toi de jouer

16 Apprends par cœur la dernière réplique*, très célèbre, de Perdican. Entraîne-toi à la dire devant un public.

17 Deux adolescents d'aujourd'hui discutent des avantages et des inconvénients qu'il y a à être amoureux. Imagine leur dialogue.

Étape 5 • Analyser une scène de théâtre dans le théâtre

SUPPORT : Acte III, scène 3 (page 61)

OBJECTIF : Étudier un dialogue amoureux faussé.

As-tu bien lu ?

1 En quoi cette scène* entre Perdican et Rosette prolonge-t-elle les deux autres scènes où Rosette apparaît (I, 4 et II, 3) ?

2 Quelle grande discussion de la veille Perdican entend-il prolonger ?
☐ celle de l'acte I, scène 5
☐ celle de l'acte II, scène 2
☐ celle de l'acte II, scène 5

3 Où se trouve Camille pour écouter la conversation entre Perdican et Rosette ?

4 Qui est Rosette par rapport à Camille ?
☐ une cousine ☐ une sœur de lait ☐ une camarade de couvent

5 Qu'offre Perdican à Rosette ? Pour quelle raison ?

6 Perdican sait-il que Camille assiste à son entrevue avec Rosette ?

7 Quelle déclaration Perdican fait-il à Rosette ? Comment celle-ci réagit-elle ?

Un double jeu

8 Dans la petite représentation* donnée dans cette scène, qui joue le rôle du public ? des comédiens* ? du metteur en scène* (choix du décor*, des objets, de la diction) ? Quel personnage* s'adresse à deux destinataires à la fois (tu peux faire un schéma) ?

9 Quel procédé classique de théâtre, déjà utilisé lors de la scène 3 de l'acte I, est employé ici ? Qui contrôle le dispositif ?

10 Quel usage Perdican fait-il des objets dans cette scène ? Quel rôle jouent-ils ?

11 Quels sont les propos adressés indirectement à Camille ? Lesquels impliquent directement Rosette ?

12 Pourquoi Rosette est-elle quasi muette ?

La langue et le style

13 Quelles répliques* de Perdican sont à double entente ?

14 Quel est le registre dominant dans le discours de Perdican ?

Faire le bilan

15 Pour quelles raisons Perdican joue-t-il cette saynète ?

À toi de jouer

16 Imagine un dialogue entre Camille et Rosette : l'une critique l'inconstance de Perdican en matière d'amour, l'autre ses mensonges et son comportement vis-à-vis d'elle. Toutes deux se sont arrangées pour que Perdican les entendent, mais font comme si elles ne le voyaient pas. Le dialogue sera entrecoupé de passages narratifs dans lesquels tu décriras les réactions de Perdican, ses pensées rapportées au style indirect et ses gestes.

17 Perdican écrit une lettre à un(e) ami(e) parisien(ne) pour lui relater son retour au village et justifier son comportement avec Rosette. Dans la première partie de sa lettre, Perdican racontera ce qui s'est passé depuis son arrivée et exprimera ses sentiments amoureux ; dans la seconde partie, il tentera d'expliquer à son ami(e) ce qu'il cherche auprès de Rosette.

Étape 6 • Observer une scène de révélation

SUPPORT : Acte III, scène 6 (page 67)

OBJECTIF : Étudier un jeu de confidences amoureuses masquées.

As-tu bien lu ?

1 Pourquoi Camille fait-elle venir Perdican ?
- ☐ Elle veut se venger du tour qu'il lui a joué lors de la scène du bois.
- ☐ Elle souhaite lui annoncer qu'elle accepte finalement de l'épouser.
- ☐ Elle veut lui donner une nouvelle lettre.

2 Pourquoi Camille demande-t-elle à Rosette de se cacher ?
- ☐ Elle veut faire une bonne surprise à Perdican.
- ☐ Elle veut faire dire à Perdican qu'il aime Rosette.
- ☐ Elle veut se venger de Perdican et dévoiler ses mensonges à Rosette.

3 Quelles sont les trois grandes parties de cette scène* ? Laquelle est une petite comédie* ? Lesquelles sont des affrontements ?

4 Qu'arrive-t-il à Rosette après qu'elle a entendu les propos tenus par Perdican à Camille ? Pourquoi réagit-elle ainsi ?

5 À la fin de la scène, quel défi imprudent Camille lance-t-elle à Perdican ?

Un jeu de masques et de dévoilement

6 En quoi cette scène répète-t-elle le dispositif mis en place par Perdican à la scène 3 de l'acte III ? Quelles sont les différences ? En particulier, le but est-il le même ?

7 De quelle stratégie use Camille pour séduire Perdican ? et pour le piéger ?

8 Camille sort-elle gagnante de l'affrontement final (dernières répliques*) ?

9 Comment Rosette est-elle traitée dans les trois parties de cette scène ?

La langue et le style

10 Relève quelques marques d'une perte de la maîtrise du langage au cours de cette scène. À qui ces accidents de langage font-ils songer ?

Faire le bilan

11 Reconstitue ce que tu sais sur Camille et sur son évolution. Tu indiqueras les références pour chaque information (acte, scène). Un exemple t'est donné.

A. Elle donne un rendez-vous à Perdican pour lui expliquer les raisons de sa froideur : elle veut devenir religieuse car elle préfère aimer Dieu qu'un homme qui la fera inévitablement souffrir. Certes, elle est influencée par l'expérience de son amie Louise et peut-être aussi aliénée (« perroquet mal appris »), mais elle refuse de souffrir à cause de l'amour. Elle a d'ailleurs déjà été amoureuse de Perdican en imagination pendant quatre ans.		
B. Dédaigneuse du passé, jouant la vierge effarouchée, elle refuse sans appel toute relation affective avec Perdican.		
C. Cependant, lorsqu'elle voit Perdican faire la cour à Rosette, elle est folle de jalousie et se met à blasphémer.		
D. Jeune fille de 18 ans, noble, ayant subi une éducation rigide au couvent, Camille est présentée par dame Pluche comme une vivante image de la piété.	1	Acte I, scène 1
E. En découvrant que Perdican jouait la comédie et donc qu'il l'aime, elle décide de le forcer à se démasquer et de l'humilier devant Rosette : elle lui donne rendez-vous et se montre coquette, manipulatrice, menteuse jusqu'à ce qu'il se déclare et renie Rosette qui s'évanouit.		
F. Le comportement de Camille, parfaite chrétienne, semble en effet exemplaire : elle manifeste une indifférence calculée face à Perdican et tombe en admiration devant un portrait de religieuse.		
G. Par hasard, elle surprend Perdican avec Rosette.		

À toi de jouer

12 Imagine le discours que tu pourrais tenir à Camille et Perdican pour leur expliquer en quoi leur comportement vis-à-vis de Rosette est incorrect, en quoi il peut s'avérer dangereux de jouer avec les sentiments des autres.

Étape 7 • Étudier une scène de dénouement

SUPPORT : Acte III, scène 8 (page 77)

OBJECTIF : Étudier le double dénouement* de l'action.

As-tu bien lu ?

1 Où se déroule la scène* ?

2 À qui s'adresse chacun des jeunes gens au début de la scène ?
☐ Ils s'adressent l'un à l'autre. ☐ Ils s'adressent à Rosette.
☐ Ils s'adressent à Dieu.

3 Quel aveu Camille parvient-elle enfin à formuler ?

4 Quelle est, selon Perdican, la principale cause qui les a menés, Camille et lui, à cette situation ?
☐ leur jeunesse vaniteuse ☐ la volonté du baron
☐ l'éducation rigide de Camille

5 Qui assiste à la scène en étant cachée ? Qu'arrive-t-il finalement à ce personnage* ?

6 Quel autre personnage, invisible, semble agir dans cette scène ?

Vers une rédemption amoureuse ?

7 Quel incident imprévu coupe la scène en deux parties ? Quelle partie de la scène progressait vers une situation finale positive ? Laquelle nous oriente vers une fin malheureuse ?

Un double dénouement-éclair

8 Que se produit-il chez les deux personnages après le cri terrible poussé par Rosette ? Pourquoi la présence de Rosette dans les coulisses est-elle vraisemblable ?

9 Après avoir entendu le cri de Rosette, quelles émotions (pitié, colère, crainte…) ressentent les deux jeunes gens ? Comment chacun d'eux réagit-il ? Quelles différences constates-tu ?

10 Quelle intrigue* secondaire est résolue dans la deuxième partie de la scène ? Quels personnages concerne-t-elle ? Complète le tableau.

	Acte/scène	Ce qui se passe
Exposition		Retrouvailles émues des deux amis d'enfance.
	II, 3	
Présentation de l'action		Perdican décide de se marier avec Rosette.
Nœud	III, 6	Camille refuse ce mariage qui la fait enrager.
Péripéties	III, 6	Vengeance de Camille qui…
	III, 7	Vengeance de Perdican qui se prétend décidé à se marier avec Rosette par bravade et orgueil.
Dénouement	III, 8	

La langue et le style

11 Quels sont les procédés caractéristiques :
– du registre lyrique (voir Repères p. 85) dans la deuxième réplique de Perdican ?
– du registre pathétique (voir Repères p. 85) dans l'ensemble de la scène ? Comment évolue Perdican ?

Faire le bilan

12 Le dispositif du témoin caché* apparaît trois fois dans l'acte III (scènes 3, 6 et 8) avec, à chaque fois, une fonction différente : laquelle ? Dans quelle scène ce dispositif de comédie* n'est-il plus du tout maîtrisé, entraînant un basculement dans la tragédie* ?

À toi de jouer

13 Tu vas t'initier à la scénographie théâtrale, c'est-à-dire à l'écriture de l'espace théâtral. Pour cela, dessine le décor* (voûte, autel, dalles), les costumes, les accessoires (éventuellement), l'éclairage (ombre, pénombre, lumière) et les déplacements des personnages (flèches ou pointillés) qui correspondraient le mieux à ta vision de cette scène finale.

L'amour : groupement de documents

OBJECTIF : Comparer plusieurs documents sur le thème de l'amour malheureux.

DOCUMENT 1 ALFRED DE MUSSET-GEORGE SAND, *Correspondance*, 1834. Extrait de *Sand et Musset*, lettres d'amour présentées par Françoise Sagan, Ed. Hermann, 1985.

Lettre de Musset, Paris, 19 avril 1834 (extrait).

Que je te remercie de ta lettre, mon amie. Je ne m'attendais pas à voir sitôt de ton écriture. Tu me dis de te parler de mes souffrances. Physiquement, je suis arrivé presque bien portant, quoique un coup de soleil sur la figure et une érésypèle [rature : hérésypèle][1] aux jambes me rendissent horriblement ridicule ; grâce à Dieu, je suis debout aujourd'hui, et guéri, sauf une fièvre lente qui me prend tous les soirs au lit, et dont je ne me vante pas à ma mère, parce que le temps seul, et le repos, peuvent la guérir. Du reste, à peine dehors du lit, je me suis rejeté à corps perdu dans mon ancienne vie[2]. Comment te dire jamais ce qui s'est passé dans cette cervelle depuis mon départ ? Mais, en somme, j'ai beaucoup souffert, et j'étais arrivé ici avec la ferme intention de me distraire et de chercher un nouvel amour.

Lettre de George Sand, Venise, 12 mai 1834 (extrait).

Peut-être ton dernier amour sera-t-il le plus romanesque et le plus jeune. Mais ton cœur, ton bon cœur, ne le tue pas, je t'en prie. Qu'il se mette tout entier ou en partie dans toutes les amours de ta vie, mais qu'il y joue toujours son rôle noble, afin qu'un jour tu puisses regarder en arrière et dire comme moi, j'ai souffert souvent, je me suis trompé quelquefois mais j'ai aimé. C'est moi qui ai vécu et non pas un être factice créé par mon orgueil et mon ennui. J'ai essayé ce rôle dans les instants de solitude et de dégoût mais c'était pour me consoler d'être seul, et quand j'étais deux, je m'abandonnais comme un enfant, je redevenais bête et bon comme l'amour veut qu'on soit.

1. **Érésypèle** : ce mot s'écrit en fait *érysipèle* (ou *érésipèle*) ; c'est le nom d'une maladie infectieuse de la peau entraînant l'apparition de plaques rouges.
2. **Ancienne vie** : Musset a mené dans sa jeunesse une vie de débauché ; il changeait souvent d'amantes et buvait beaucoup de vin.

DOCUMENT 2 ALFRED DE MUSSET, *Les Nuits* (1835-1837).

Quelques mois après la rupture définitive avec son amante George Sand, Musset compose un long poème-dialogue intitulé la Nuit de mai *(15 juin 1835) dans lequel sa Muse apparaît à un Poète au cœur brisé et lui suggère de sublimer sa douleur par la création poétique. Mais le Poète répond qu'il souffre trop pour en être capable...*

LA MUSE
Quels que soient les soucis que ta jeunesse endure,
Laisse-la s'élargir, cette sainte blessure
Que les noirs séraphins[1] t'ont faite au fond du cœur ;
Rien ne nous rend si grands qu'une grande douleur.
Mais, pour en être atteint, ne crois pas, ô poète,
Que ta voix ici-bas doive rester muette.
Les plus désespérés sont les chants les plus beaux,
Et j'en sais d'immortels qui sont de purs sanglots [...].

LE POÈTE
Ô Muse ! spectre insatiable,
Ne m'en demande pas si long.
L'homme n'écrit rien sur le sable
À l'heure où passe l'Aquilon[2].
J'ai vu le temps où ma jeunesse
Sur mes lèvres était sans cesse
Prête à chanter comme un oiseau ;
Mais j'ai souffert un dur martyre,
Et le moins que je pourrais dire,
Si je l'essayais sur ma lyre[3],
La briserait comme un roseau.

1. **Noirs séraphins** : anges de la douleur.
2. **Aquilon** : vent violent symbolisant la violence des passions.
3. **Lyre** : luth (ancêtre de la guitare). Symbole de la poésie lyrique.

DOCUMENT 3 ALFRED DE MUSSET, *La Confession d'un enfant du siècle*, 1836.

Musset composa initialement ce récit au retour de Venise (été 1834), pour magnifier son grand amour avec George Sand. Mais la rupture (novembre 1834), la reprise des relations (janvier 1835) et la séparation définitive (6 mars 1835) modifièrent le projet ; l'autobiographie devint un roman retraçant le trajet exemplaire d'un jeune romantique ayant vécu un drame sentimental. Le passage suivant correspond au moment où le héros, Octave, découvre l'Amour...

Amour ! ô principe du monde ! Flamme précieuse que la nature entière, comme une vestale[1] inquiète, surveille incessamment dans le temple de Dieu ! foyer de tout, par qui tout existe ! les esprits de destruction mourraient eux-mêmes en soufflant sur toi ! Je ne m'étonne pas qu'on blasphème ton nom ; car ils ne savent pas qui tu es, ceux qui croient t'avoir vu en face, parce qu'ils ont ouvert les yeux ; et quand tu trouves tes vrais apôtres, unis sur terre par un baiser, tu ordonnes à leurs paupières de se fermer comme des voiles, afin qu'on ne voit pas le bonheur.

Mais vous, délices ! sourires languissants, premières caresses, tutoiements timides, premiers bégaiements de l'amante, vous qu'on peut voir, vous qui êtes à nous ! êtes-vous donc moins à Dieu que le reste, beaux chérubins[2] qui planaient dans l'alcôve[3], et qui ramenez à ce monde l'homme réveillé du songe divin ? Ah ! chers enfants de la volupté, comme votre mère vous aime ! C'est vous, causeries curieuses, qui soulevez les premiers mystères, touchers tremblants et chastes encore, regards déjà insatiables, qui commencez à tracer dans le cœur, comme une ébauche craintive, l'ineffable image de la beauté chérie ! Ô royaume ! ô conquête ! c'est vous qui faites les amants.

1. **Vestale** : prêtresse.
2. **Chérubins** : anges (représentés souvent bien dodus, à la façon de Cupidon, fils de Vénus).
3. **Alcôve** : chambre à coucher où ont lieu les rapports amoureux.

As-tu bien lu ?

1 À quels genres différents appartiennent les documents 1, 2 et 3 ?

Le bonheur et le malheur d'aimer

2 **Document 1**
Dans quel état d'esprit se trouve Musset quelques semaines après sa rupture avec George Sand (Aurore Dupin) ?
Que lui conseille Sand ?

3 **Document 2**
Que conseille la Muse au Poète ? Dans quel état d'esprit le Poète est-il ?

4 **Document 3**
Quelles sont les deux manifestations de l'Amour évoquées dans cet extrait ?

Parentés entre l'amour, l'art et la vie

5 Relis la dernière tirade* de l'acte II, scène 5. Que constates-tu ?
Pourquoi est-ce étonnant ?

6 Quels sont les deux registres dominants dans le document 2 ?
À quel moment de la pièce* Perdican pourrait-il tenir le discours du Poète ?
Cite deux scènes* de la pièce où apparaissent ces deux registres.

7 À quelle scène de *On ne badine pas avec l'amour* fait songer le document 3 ?

DOCUMENT 4 TITIEN, *L'Amour sacré et l'Amour profane*, 1514
(Huile sur toile, 118 × 279 cm, Galleria Borghese, Rome).

Ce tableau, qu'aimait beaucoup Musset, fut peint à 26 ans par Tiziano Vecellio (1488-1576), dit Le Titien, qui est l'un des plus grands peintres de la Renaissance. On ne sait pas exactement ce que représentent ces deux femmes : sont-elles deux sortes de Vénus ? deux allégories du bonheur ? deux personnages romanesques ?

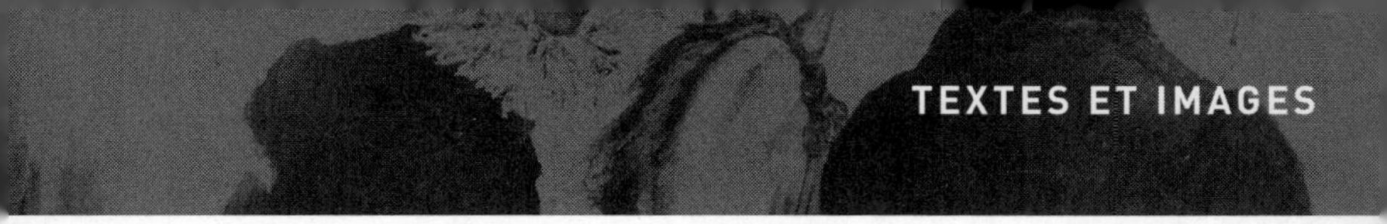

Lire l'image

8 Quel est le décor* de ce tableau ?

9 Sur quoi sont assises les deux femmes ? Quel personnage mythologique apparaît entre elles ? Que fait-il ?

10 Que symbolisent, selon toi, les deux figures féminines qui discutent dans ce tableau ?

11 À quelle grande scène* de *On ne badine pas avec l'amour* peut-on rattacher cette image ?

12 Laquelle de ces deux figures pourrait représenter les idées de Perdican ? de Rosette ? de Camille ? de Musset ? de Sand ?

13 Quel lien vois-tu entre le document 3 et le document 4 ?

À toi de jouer

14 Essaie de concevoir une affiche (format A4) pour *On ne badine pas avec l'amour* en essayant de suggérer toutes les formes d'amour qui sont représentées dans la pièce.
Pense à découper et coller des mots et des images prélevés dans la presse ou sur Internet.

L'éducation reçue par Camille et Perdican (ou encore par Rosette) détermine leurs discours, leurs idées, leur comportement dans cette pièce de théâtre.
Mais, au fait, quel type d'éducation recevait-on au XIXe siècle ? En quoi différait-elle selon le sexe, le milieu social ? Quels enseignements délivrait-on dans les écoles et les collèges ?

L'ENQUÊTE

Quelle éducation reçoit-on au XIXe siècle ?

L'ENQUÊTE EN 4 ÉTAPES

1 À quoi ressemble une école primaire au début du XIXe siècle ?

Dans les années 1820, à l'époque où Alfred de Musset, Perdican, Camille et Rosette sont en âge d'aller à l'école, l'enseignement primaire tel qu'on le connaît aujourd'hui n'existe pas. Même en 1830, sur 39 000 municipalités, 15 000 n'ont pas d'école primaire. L'alphabétisation des classes populaires est le plus souvent assurée tant bien que mal par le curé de village (comme Bridaine) ; les enfants de l'élite sociale (bourgeois et aristocrates) sont quant à eux instruits à la maison, en cours particuliers, par un gouverneur (comme Blazius) ou une gouvernante (comme dame Pluche).

Un instituteur et ses élèves sous le Second Empire.

● UN ENSEIGNEMENT INEFFICACE

Dès l'âge de raison et jusqu'à dix ans environ, les garçons des villages sont alphabétisés par le curé, dans l'église ou le presbytère, voire dans une écurie ! Les élèves ne fréquentent ces lieux délabrés que cinq mois par an et à reculons, car la pédagogie consiste alors à faire réciter par cœur du latin ou du français (les enfants parlent en effet le patois local) et les punitions physiques (coups de baguette) sont

Gouverneur : ecclésiastique chargé de l'éducation d'un enfant. Blazius est le gouverneur de Perdican « depuis l'âge

Les garçons des villages vont en classe cinq mois par an, de la Toussaint à la Saint Georges (le 23 avril), c'est-à-dire en dehors des périodes de règle. Pas étonnant qu'à cette époque la moitié des adultes soient analphabètes, comme l'attestent les nombreux actes de mariage ou de baptême signés d'une croix !

● PAS D'ÉCOLE POUR LES FILLES !

La formation scolaire des fillettes de basse extraction (paysannes telles que Rosette) n'a aucune importance puisque leur destin social est tout tracé : elles feront un mariage arrangé. Il arrive que de vieilles villageoises bénévoles s'occupent vaguement de leur apprendre un peu à lire mais l'essentiel est de leur transmettre l'art de… « besogner les aiguilles ».

Savoir par cœur un fatras de choses inutiles…

Dans les écoles primaires publiques ou privées, une grande partie de l'enseignement consiste à l'époque à répéter et réciter mécaniquement (comme au catéchisme). Par exemple, il faut mémoriser la généalogie des rois depuis Pharamond, en retenant leurs noms et prénoms, ainsi que ceux de leurs épouses et de leurs fils ou encore la généalogie des dieux grecs ou les mesures des temples antiques : « De 63 pieds du midi au septentrion, il était haut de six coudées et avait 36 colonnes en son enceinte »…

● UN MATÉRIEL PÉDAGOGIQUE SOMMAIRE

Pour enseigner aux garçons de tous âges des rudiments de lecture et parfois d'écriture, le curé ne suit aucun programme et n'a sous la main aucun instrument pédagogique, sinon un vieil abécédaire et des livres de messe (Bible, bréviaire). Comme le papier, les plumes d'oie et les tableaux noirs sont au début du siècle rares et chers, certains enfants des petites écoles de campagne s'entraînent à tracer les lettres dans des tas de poussière prévus à cet usage. Quand il y a des bancs, ils sont à deux niveaux (pour asseoir les petits), fixés au sol et sans dossier pour obliger les élèves à se tenir droit, serrés les uns près des autres, les mains croisées dans le dos pendant la leçon ;

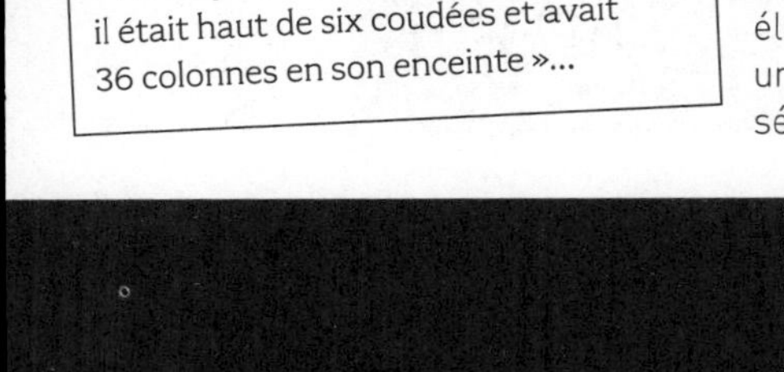

Les effectifs des classes étaient pléthoriques !

de toute façon, il n'y a pas de tables... Et le nombre d'élèves peut alors dépasser cent par classe !

● LA LOI GUIZOT ET LES DÉBUTS DE L'ALPHABÉTISATION MASSIVE

Le 28 juillet 1833, François Guizot, ministre de Louis-Philippe, fait voter une loi obligeant les communes de plus de 500 habitants à aménager une école primaire (publique ou privée)... mais uniquement pour les garçons.

Un manque d'instituteurs qualifiés

« Nous avons requis à plusieurs reprises les citoyens de notre commune de faire inscrire à la municipalité ceux qui étaient en âge d'aller dans les écoles publiques ; nous avons aussi prévenu ceux qui voulaient se vouer à l'éducation des enfants d'en faire la déclaration [...]. Cinq personnes se sont présentées munies de leurs certificats de civisme [...]. 408 enfants ont été inscrits. [...] Le nombre des enfants à enseigner et à instruire est trop fort pour les cinq instituteurs. Vous pouvez voir sur le tableau que nous vous envoyons qu'il y en a parmi eux 3 qui en ont 114, 97 et 88, et il n'est pas possible que l'instruction de ces enfants, quand ils sont en aussi grand nombre, soit bien soignée. »

Lettre des officiers municipaux des Riceys (Aube), 25 floréal An II [14 mai 1794].

L'école des frères. Gravure de F. Bonvin (1873).

2 Comment sont scolarisés les garçons dans le secondaire ?

À cette époque, l'instruction dans le secondaire est réservée aux privilégiés car elle est payante et chère (une année d'internat coûte alors environ l'équivalent d'un salaire annuel d'enseignant). Par le régime qu'ils proposent, ces établissements tiennent à la fois du monastère, de la caserne et de la prison...

• INTERNES PENDANT SEPT ANS

Vers 11 ans, les garçons de bonne famille (comme Perdican) sont expédiés dans des internats : il s'agit le plus souvent de locaux délabrés et non chauffés, mal éclairés, sans eau chaude, entourés de hauts murs aux fenêtres grillagées donnant sur des cours sombres. Dès leur arrivée, ils doivent enfiler un uniforme réglementaire (habit de gros drap bleu, pantalon gris, cravate noire, chapeau haut de forme ou casquette à galons dorés), aller installer leur pupitre personnel dans leur classe et suivre une discipline spartiate. Par exemple, ils mangent au réfectoire en silence, comme des moines. Ils vont demeurer là, reclus, pendant sept ans, jusqu'à la terminale et l'obtention de leur baccalauréat.

Vallès dénonce le système décérébrant et répressif des collèges dans *L'Enfant* (1879).

Leurs seules sorties sont les promenades du jeudi, en rang et en marchant au pas...

- **LES PENSIONNATS ARISTOCRATIQUES**

Annexés à un collège, ces établissements d'élite, tenus par des religieux, offrent trois avantages aux yeux des parents de la haute société ; surveillance morale stricte, constitution d'amitiés durables (utiles pour l'avenir), logement *intra muros* du précepteur (Blazius dans le cas de Perdican) permettant un tutorat personnalisé en plus des cours reçus au collège. Ces pensionnats dispensent en outre toute une palette d'enseignements complémentaires : leçons particulières d'escrime, de dessin, d'écriture, de musique, de danse, de langues étrangères... Ils n'ont qu'un inconvénient : leur prix extrêmement élevé (cf. scène 2 acte I de la pièce, où le baron dit : « leur éducation me coûte six mille écus »).

La vie quotidienne du collégien

La vie du collégien est rythmée par le tambour. Il fréquente des classes souvent sales et éclairées par de grosses lampes à huile. Les professeurs (ou régents), peu nombreux, revêtent une toge magistrale, jaune pour les Lettres, rouge pour les Sciences ; les compétences de certains, recrutés au niveau bac par souci d'économie, laissent parfois à désirer... L'enseignement est alors très différent de la pédagogie actuelle : il s'agit avant tout de « faire ses humanités » c'est-à-dire d'apprendre le grec et le latin et de maîtriser les exercices de rhétorique. Les élèves lisent en catimini les auteurs sulfureux et à la mode... des auteurs romantiques (Lamartine, Chateaubriand, Walter Scott, Lord Byron).

Le collège, un enfer !

Le climat de violence qui règne dans les collèges est épouvantable. Le surveillant général et les maîtres d'étude (ou pions) sont d'une sévérité chicanière et certains châtiments relèvent du sadisme. Plusieurs témoignages attestent de l'existence de cachots dans certains établissements. En 1838, dans une institution parisienne, les classes comportaient même des « prisons portatives » (des boîtes de 1,45 m de hauteur × 0,80 m × 0,40 m) !

Les pensums interminables étaient fréquents ! On rédige un devoir par jour — version ou thème — en latin et en grec.

Rhétorique : art de bien parler, de faire des discours bien composés et ornés de figures (antithèses, métaphores...).

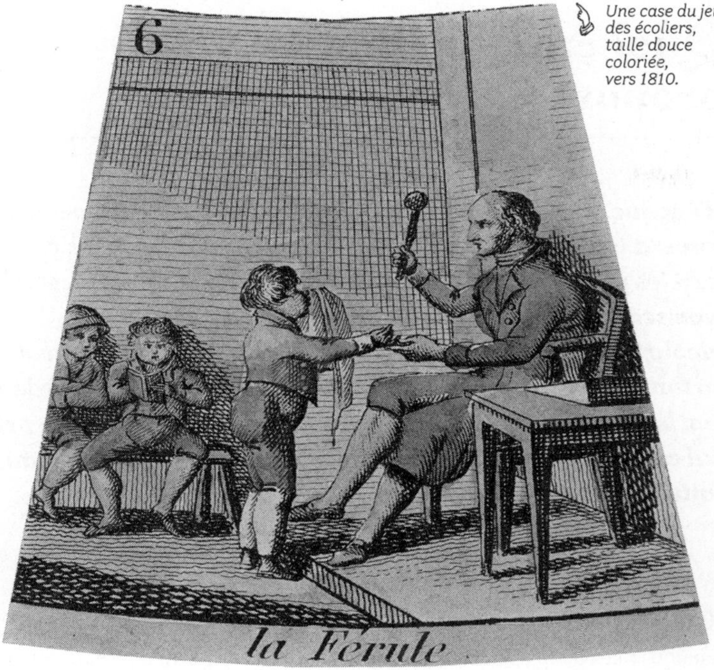

Une case du jeu des écoliers, taille douce coloriée, vers 1810.

● QUELLE ÉDUCATION SENTIMENTALE ?

Dans ces institutions pour garçons, les jeunes femmes et les femmes sont proscrites, à l'exception des religieuses de l'infirmerie et des ouvrières lingères qui sont soigneusement tenues à l'écart des lieux scolaires. La culture sentimentale des jeunes gens se développe à travers la correspondance, les journaux intimes, les amitiés électives et surtout, l'art : la littérature (conduites amoureuses des personnages) et l'iconographie (les peintures, les illustrations). Les rencontres amoureuses effectives ont lieu plus tard, lors de la vie étudiante. Quant à l'apprentissage sexuel, il se fait avec des partenaires de statut social différent (grisettes, femmes de boutique) et souvent avec des filles de joie

3

Quel enseignement propose-t-on aux filles ?

À l'époque romantique, la différence des sexes est pensée en termes d'infériorité. L'éducation des filles et des jeunes femmes vise à les préparer à leur futur rôle d'épouse et de mère, et non à favoriser leur épanouissement personnel.
L'idéologie dominante est que la femme doit s'occuper de sa maisonnée. Les rudiments d'instruction qu'on lui accorde ont pour but de lui permettre de gérer au mieux le domaine privé. Il lui est interdit de vivre hors du couvent, puis hors du domicile conjugal.

● UNE VIE MORTIFIANTE

Les jeunes filles bien nées sont systématiquement mises en pension dans des couvents. À Paris, le plus réputé est celui du Sacré-Cœur.
Dès leur arrivée, vers 8 ans, elles revêtent l'uniforme de la maison ; par exemple, une robe en laine rouge, un étroit filet à cheveux et une écharpe de ruban dont la couleur indique la classe.
Les sœurs-enseignantes travaillent surtout à leur apprendre, années après années, les bonnes mœurs et les bonnes manières : démarche digne, ton égal, visage inexpressif, et surtout l'art de se tenir bien droites et de remuer le corps au minimum !
Les conditions de vie sont rudes : repas frugaux, dortoirs et salles non chauffés, et l'hygiène minimale : la toilette du matin ne doit pas dépasser un quart d'heure devant des cuvettes minuscules et bien sûr, sans aucun miroir pour se coiffer : gare au narcissisme !

C'est à 8 ans que Camille est entrée dans un des meilleurs couvents de France.

Bonnes mœurs : préceptes de civilité (générosité, politesse, discrétion, humilité, soumission...).

Les demoiselles devaient apprendre à mépriser leur corps !

École chrétienne, huile sur toile de A. Asselineau (1839).

Qu'apprend-on dans une institution religieuse pour filles ?

Au très réputé couvent du Sacré-Cœur, le *Plan d'Éducation* de 1806 inspiré par Fénelon privilégie les branches d'enseignement suivantes : la lecture, l'écriture pour la correspondance, le calcul pour gérer le budget familial (quittances, tenue des comptes) et une initiation aux principales règles du droit pour éviter les procès. Sont à éviter, voire à proscrire, la littérature qui enflamme l'imagination, les sciences qui éveillent la curiosité et les arts qui stimulent les sens. Et il va sans dire que l'éducation religieuse prend le pas sur toutes les autres matières !

À quoi ressemble une cellule de couvent ?

Réservée aux élèves fortunées ne dormant pas en dortoir, la cellule contient un lit recouvert d'un matelas en paille, un prie-dieu, une tablette pour poser quelques livres, une chaise et une table. La décoration est inexistante ou composée d'images saintes ; au-dessus du lit, bien sûr, un crucifix.

Cellule : petite chambre (du latin *cella*, « chambre »).

L'EMPLOI DU TEMPS TYPE D'UNE PENSIONNAIRE

— 5h (6h en hiver lorsqu'il neige) : lever, habillement en un quart d'heure puis prières en classe ;
— 7h : réunion à la chapelle ;
— 8h : déjeuner au réfectoire ;
— 8h30 : début des cours et des travaux manuels ;
— 11h : repas au réfectoire (celles qui sont punies mangent par terre ou à la porte) puis courte récréation ;
— 12h15 ; reprise des cours ;
— 15h : prières de Vêpres ;
— 15h30 : reprise des cours ;
— 16h (17h en été) : leçon de catéchisme puis prières de Complies ;
— 17h30 : repas du soir suivi d'une courte récréation ;
— 18h30 prières de Laudes et Matines ;
— 20h : coucher.

UNE COMMUNAUTÉ FÉMININE HÉTÉROCLITE

Les sœurs, en plus du profit que leur procure le pensionnat des écolières (les tarifs sont très élevés), tirent des revenus annexes de la location de chambres à des femmes orphelines, veuves ou divorcées qui désirent se libérer de la tutelle de leur famille et se retirer du monde en mettant leur réputation à l'abri. Ces femmes seules, qui peuvent être d'anciennes élèves et qui finissent parfois par prendre le voile, contribuent à faire des couvents des lieux clos où se mêlent de multiples expériences décevantes du monde.

George Sand, la révoltée

Élevée dans un couvent parisien, mariée à 18 ans, mère et divorcée, elle se pose dès son premier roman (*Indiana*, 1832) en défenseur de la femme ; attaquant de front l'éducation subie par les filles et le sacro-saint mariage, cette femme très engagée prône une éducation autodidacte visant à la construction de soi.

4 Quand est née l'école moderne en France ?

On considère qu'elle date du 28 mars 1882, jour où le ministre de l'Instruction Jules Ferry (1832-1893) fait voter la loi relative à la laïcité de l'enseignement et à l'obligation scolaire de 6 à 13 ans pour les enfants des deux sexes. Cette loi Ferry, qui exclut l'enseignement religieux de l'école et privilégie celui de la morale et du civisme, est le fondement de l'Éducation nationale actuelle.

• L'INVENTION DE L'ÉDUCATION NATIONALE

C'est sous la IIIe République qu'est mis en place un régime scolaire révolutionnaire que l'on appelle aujourd'hui… l'enseignement traditionnel. Ce système progressiste repose sur quatre principes : l'édification de bâtiments scolaires spécifiques divisés en deux (garçons/filles) et attenant à la mairie (pour contrecarrer l'influence de l'église et du château) ; l'installation d'un matériel réglementaire comme le tableau noir ; une pratique pédagogique encore et toujours basée sur le par-cœur mais également sur la référence à un manuel commun illustré (le plus célèbre reste *Le Tour de la France par deux enfants*) ; enfin, l'organisation d'une cérémonie publique lors de la distribution des prix, conçue comme un rituel destiné à récompenser les élèves les plus méritants (témoignages de satisfaction, certificats, billets d'honneur).

• DE NOUVEAUX OUTILS PÉDAGOGIQUES

L'arsenal scolaire républicain impose un nouveau mobilier (les pupitres à huit places), l'utilisation systématique du plumier et des plumes Sergent-Major pour tracer les pleins et les déliés (gare aux taches et aux ratures !), des livres illustrés, des cartes colorées, des bouliers, des mesures en fer blanc mais également d'une échelle graduée de punitions humiliantes pour ceux qui commettent des fautes : mauvais points,

Ce sont les lois Ferry de 1881, 1882 et 1886 qui ont établi un enseignement primaire public gratuit, obligatoire et laïque.

Les élèves apprennent par cœur la liste des départements français, avec préfecture et sous-préfecture !

réprimandes, privation partielle de récréation, exclusion et enfin… bonnet d'âne (sanction qui existait depuis l'antiquité).

● UN PROGRAMME ESSENTIELLEMENT BASÉ SUR LA MORALE

L'école républicaine, servie par des instituteurs animés par une foi laïque fervente, exige que règne dans les classes un climat moral permanent (des tableaux de morale sont accrochés au mur). La mission de l'instituteur est double : développer le sentiment civique et patriotique (Liberté), favoriser la promotion sociale des élèves méritants (Égalité) et civiliser l'enfant pour en faire un homme bon (Fraternité).

Un livre-culte pour initier au patriotisme

Véritable événement éditorial (trois millions d'exemplaires parus en dix ans), composé par G. Bruno, *Le Tour de la France par deux enfants* (1877) raconte le voyage à travers la France de deux jeunes orphelins lorrains, l'un athée et l'autre déiste, André et Julien. Au cours de leur pérégrination de ville en ville, les deux garçons apprennent les métiers qu'ils rencontrent et deviennent les témoins de toutes les réalisations industrielles contemporaines. Ils découvrent les savoirs scientifiques par la pratique, comme la manière de transformer les chiffons en papier, l'importance de la propreté dans les écuries…, les vertus de la République, les biographies des personnages historiques, etc.

L'école républicaine se fonde sur une doctrine morale et civique.

G. Bruno : pseudonyme (nom d'emprunt) d'Augustine Fouillée.

’etit lexique du théâtre

Accessoires	Les petits objets (chaînette dorée, bouteille, crucifix) utiles à la représentation.
Acte	Nom donné à chacune des grandes parties d'une pièce de théâtre. Le plus souvent, le changement d'acte correspond à un changement de lieu ; le rideau se ferme pour permettre le changement de décor.
Aparté	Il y a aparté lorsqu'un personnage se parle à lui-même (sans être entendu d'un autre personnage) et que le public entend ce qu'il dit.
Auteur dramatique	Auteur de pièce de théâtre. ***Syn.*** dramaturge. Shakespeare fut le plus inventif des dramaturges occidentaux.
Burlesque	Le burlesque est une forme de parodie consistant à travestir, en les embourgeoisant, des personnages et des situations héroïques. Le style burlesque s'obtient en associant un langage bas (populaire) à un personnage haut placé.
Comédie	Pièce comique destinée à faire rire le public (le pathétique est prohibé). Les pièces de Molière sont des modèles de comédies.
Comédien	Personne qui joue la comédie, incarne un personnage d'une pièce. ***Syn.*** Acteur.
Décor	Par l'intermédiaire d'objets et de grandes toiles peintes placées au fond de la scène, le décor reconstitue le lieu de l'action (forêt, chambre, oratoire...) sur le plateau.
Dénouement	Fin de l'intrigue où s'effectue la résolution du nœud (du conflit).
Didascalies	Indications sur le décor, les mouvements, le ton, les gestes, etc., qui apparaissent dans le texte explicitement en caractères italiques ou implicitement en caractères romains.
Exposition	Partie initiale de la pièce (de l'intrigue) où sont données toutes les informations nécessaires pour comprendre la suite. Le but est de capter au plus vite l'intérêt du spectateur.

Héroï-comique (style) — Le style héroï-comique, qui est l'inverse du style burlesque, s'obtient en associant un langage haut (grandiloquent) à un personnage placé en bas de l'échelle sociale.

Improviser — Jouer spontanément, sans avoir appris de texte, une situation donnée. Les spectacles de la *Comedia dell'arte*, par exemple, sont toujours improvisés.

Ingénu(e) — Rôle traditionnel du jeune homme candide ou de la jeune fille naïve.

Intrigue — Ensemble des événements qui se déroulent durant une pièce de théâtre. Les étapes en sont l'exposition, le nœud, le dénouement. ***Syn.*** Action.

Metteur en scène — Personne qui dirige les acteurs (mouvements, intonations), choisit les décors et les costumes pour la représentation.

Monologue — Passage où un personnage parle seul sur scène. Par convention, on considère qu'il révèle alors ses pensées secrètes.

Nœud — Partie de l'intrigue où intervient, à la suite de l'exposition, un obstacle qui entre en conflit avec le projet initial du personnage principal.

Péripétie — Moment de l'intrigue où l'action se renverse brusquement en son contraire (retournement, revirement). Une pièce peut enchaîner les péripéties (rebondissements de l'action) ou n'en présenter aucune. ***Syn***. Coup de théâtre.

Personnage — Personne qui apparaît dans une pièce de théâtre et qui est représentée par un acteur.

Pièce de théâtre — Texte conçu pour être représenté dans un théâtre et non pour être lu, sinon par les comédiens et le metteur en scène.

Procédé rhétorique — Techniques d'expression codifiées permettant d'obtenir un effet précis sur le lecteur ou l'auditeur.

Proverbe	***1.*** Courte phrase formulant une vérité d'expérience ou un conseil de sagesse populaire. ***Syn.*** Maxime. ***2.*** Brève comédie illustrant un proverbe, une leçon morale. ***Syn.*** Proverbe dramatique.
Quiproquo	Vient du latin qui signifie : « ceci pour cela ». Situation où l'on prend une personne pour une autre, où l'on comprend de travers.
Réplique	Ce qu'un acteur doit dire en une seule fois. Dans un texte de théâtre, devant chaque nouvelle réplique, est écrit le nom du personnage qui parle.
Représentation	Soirée de théâtre, moment où la pièce est jouée devant un public. ***Syn.*** Spectacle.
Scène	***1.*** Aire de jeu où évoluent les acteurs. ***Syn.*** Plateau, planches. ***2.*** Nom donné à chacune des parties d'un acte. On change de scène lorsqu'un personnage arrive ou s'en va.
Témoin caché	Personnage dissimulé ; lorsqu'il est « spectateur » d'une scène, on a un dispositif de théâtre dans le théâtre.
Théâtre	Ce mot désigne aussi bien le lieu (la salle) que ce qui s'y déroule (la pièce).
Tirade	Longue réplique dans laquelle un personnage développe une idée importante.
Tragédie	Genre théâtral inventé en Grèce, dans l'Antiquité. Souvent en vers, une tragédie raconte une histoire terrible destinée à frapper l'imagination des spectateurs et à les mettre en garde. Racine et Corneille ont écrit des tragédies sous le règne de Louis XIV, au XVIIe siècle.

À lire et à voir

● UN LIVRE ET DEUX SITES POUR MIEUX CONNAÎTRE MUSSET

Franck Lestringant
Musset
FLAMMARION, COLL. « GRANDES BIOGRAPHIES », 1998

La biographie de référence d'Alfred de Musset, pour ceux qui veulent mieux le connaître...

www.agora.qc.ca

L'Encyclopédie de l'Agora offre un résumé fiable et complet de la vie de Musset, avec de nombreux liens (pour accéder au dossier Musset, taper *Musset Alfred de* dans la fenêtre *Recherche*).

www.musset.immortel.com

Le site des amis de Musset, présentant tous les aspects de sa vie et de son œuvre (bibliographie, anecdotes, caricatures, correspondance). La rubrique « Iconographie » propose de nombreux portraits et autoportraits de l'auteur.

● UN LIVRE ET UN FILM POUR MIEUX CONNAÎTRE GEORGE SAND ET SA RELATION TUMULTUEUSE AVEC MUSSET

Anne-Marie de Brem
George Sand, un diable de femme
GALLIMARD, COLL. « DÉCOUVERTES GALLIMARD », 1997

La directrice du Musée de la vie romantique (Paris, IXe) retrace dans ce volume très illustré (croquis, manuscrits) la biographie de la plus scandaleuse des auteurs romantiques qui fut l'amante de Musset puis du plus virtuose des pianistes romantiques, Frédéric Chopin (écouter par exemple, son fulgurant *Prélude n° 12, en sol dièse mineur, op. 28* composé en 1839).

Les Enfants du siècle
FILM DE DIANE KURYS (1999) AVEC JULIETTE BINOCHE, BENOÎT MAGINEL

Une fresque historique dépeignant le contexte social des années 1830 et la passion brûlante vécue par les deux jeunes amants qui étaient déjà des célébrités de l'époque...

● LES PIÈCES DE MUSSET À L'ÉCRAN

On ne badine pas avec l'amour

THÉÂTRE DU CHÊNE NOIR (AVIGNON, 2006), MISE EN SCÈNE DE GÉRAD GÉLAS

La mise en scène de Gérad Gélas, très audacieuse mais cohérente et respectueuse du texte, a suscité par son originalité de nombreux débats (costumes contemporains, scénographie très accentuée). Il existe un second DVD complémentaire présentant la fabrique de la pièce (Ed. du CRDP d'Aix-Marseille, 2006).

Il ne faut jurer de rien

FILM DE ÉRIC CIVAYAN (2005), AVEC GÉRARD JUGNOT...

Une adaptation d'une autre comédie-proverbe de Musset. Le mérite principal du film est d'aider à se représenter (costumes, décors) la France des années 1830.

● D'AUTRES OUVRAGES CÉLÈBRES PARLANT DE L'AMOUR, DE L'ÉCOLE ET DE LA VIE AU TEMPS DE MUSSET ET DU ROMANTISME

Stendhal

Le Rouge et le Noir, 1830

Grand classique du roman d'amour du XIXe siècle, ce livre raconte l'éducation sentimentale d'un « enfant du siècle » passionnément aimé par deux femmes.

Jules Vallès

L'Enfant

Ce court roman autobiographique évoque, au temps de la monarchie de Juillet, la vie quotidienne d'un collégien (fils d'enseignant), victime d'un système scolaire répressif.

Honoré de Balzac

La Peau de chagrin, 1831

Ce roman fantastique, qui se déroule dans les années 1830 à Paris, raconte le pacte maudit accepté par un jeune ambitieux à la recherche du pouvoir absolu.

Table des illustrations

p. 2	ph © Archives Hatier
p. 7, hg	ph © Costa / Leemage
p. 8	ph © Archives Hatier
p. 44	ph © Roger-Viollet
p. 62, 80, 81	ph © Archives Hatier
p. 84	ph © Selva / Leemage
p. 104	ph © Scala
p. 108	ph © Roger-Viollet
p. 110	ph © INRP
p. 111	ph © Archives Hatier
p. 113	ph © INRP
p. 115	ph © INRP
p. 116	ph © Archives Hatier
p. 118	ph © INRP

Iconographie : Hatier Illustration
Principe de maquette : Marie-Astrid Bailly-Maître
Suivi éditorial : Christine Delage
Illustrations intérieures : Jaouen Salaün
Mise en pages : Facompo

PAPIER À BASE DE
FIBRES CERTIFIÉES

Hatier s'engage pour
l'environnement en réduisant
l'empreinte carbone de ses livres.
Celle de cet exemplaire est de :
400 g éq. CO_2
Rendez-vous sur
www.hatier-durable.fr

Achevé d'imprimer par Grafica Veneta à Trebaseleghe - Italie
Dépôt légal : 96302-5/07 - Octobre 2018